UN PARFUM
DE MEURTRE

UN PARFUM DE MEURTRE

SARAH K.

RAGEOT

Version entièrement réécrite par l'auteur du roman paru sous le titre : *Agathe en flagrant délire*.

ISBN 978-2-7002-3131-1
ISSN 1766-3016

LA DERNIÈRE VISITE

La vieille femme est assise dans son fauteuil, face à la fenêtre. C'est désormais sa place de prédilection. Elle aime se tenir là du matin au soir, près de la lumière. Cette lumière qu'elle ne voit pourtant plus depuis qu'un rideau noir a été tiré devant ses yeux. Définitivement. Il y a longtemps.

Un frisson lui parcourt le corps. Tiens... Est-ce que le temps se serait rafraîchi ce matin ? Elle tâte le mur de la main, et la paroi glacée par un courant d'air confirme sa supposition. Ainsi, c'est déjà le début de l'automne. L'été est passé bien vite. Pfft ! Un claquement de doigts. Comme sa vie. Car il lui semble soudain si proche, le temps où elle était active, entourée, le temps où elle nourrissait encore projets et espoirs. Le temps où elle vivait.

Oui, un claquement de doigts et on se retrouve clouée à un fauteuil, aveugle et invalide.

Surtout ne pas se lamenter. Ça ne sert à rien de se tourner vers le passé, impossible de remonter le temps. Et puis, même si l'automne est arrivé, l'arrière-saison s'annonce assez douce, pour preuve, le rayon de soleil qui s'infiltre par la fenêtre et vient lui caresser la joue.

Elle aime bien l'automne. C'est un tel foisonnement de couleurs. Le souvenir d'une extraordinaire gamme de teintes allant du jaune au roux le plus vif lui revient soudain en mémoire – un peu comme une photo qui tomberait d'un album pour se détacher des autres – et fait courir un sourire sur ses lèvres.

Ça a finalement du bon d'être aveugle. Ça permet de ne pas voir les choses qui n'en valent pas la peine. Comme cette chambre, par exemple. La vieille dame n'y voyait déjà plus quand on l'y a installée, mais elle n'a aucun mal à l'imaginer. Toutes les chambres, dans les maisons de retraite, se ressemblent, pas vrai ? Un lit, une table de chevet, un plateau à roulettes destiné aux repas, un crucifix accroché au mur, une horloge... Avec son tic-tac, si régulier, si sonore, qui rythme inlassablement les journées à la manière d'un métronome. Celui-là, parfois, la vieille dame aimerait être sourde pour ne plus l'entendre.

Tic-tac. Tic-tac. Tic-tac.

On dirait qu'il égrène un compte à rebours. Il n'est interrompu que par les allées et venues des infirmières, le bruit de leurs pas dans le couloir, les formules toutes faites qu'elles claironnent d'un ton faussement enthousiaste.

« Alors mamie, comment ça va ce matin ? Bien dormi ? Y a un beau soleil, dehors, de quoi retrouver le moral, non ? »

Elles posent sans cesse des questions, les infirmières, mais jamais elles n'attendent qu'on leur réponde.

La vieille femme sursaute en entendant la porte s'ouvrir.

Ce n'est ni l'heure du repas ni celle de ses médicaments. Mais ce n'est pas grave, au moins le tic-tac de l'horloge va se taire pour un moment et aujourd'hui – une fois n'est pas coutume – la vieille dame est décidée à répondre aux questions machinales de l'infirmière. Elle va lui dire que non, ce matin, ça ne va pas. Même s'il y a un beau soleil d'automne dehors. Elle va l'informer qu'aujourd'hui n'est pas un jour comme les autres. Parce que c'est le jour de sa mort. Elle en a le pressentiment. Mieux, la certitude.

Seulement l'infirmière n'est pas seule. Quelqu'un l'accompagne. Ce n'est pas une collègue. Non, les pas de cette personne sont bien trop timides, or le personnel entre toujours sans aucune précaution dans la chambre.

– Mamie ! Vous allez être contente, vous avez une visite aujourd'hui. Madame… Quel est votre nom déjà ?

– Mademoiselle Dupré.

– Mademoiselle Dupré fait partie d'une organisation de bienfaisance. Elle rend visite aux personnes du troisième âge. Elle va discuter un moment avec vous, vous faire un peu de lecture ou vous accompagner dans le jardin... C'est super, non ? Ça vous fait plaisir ?... Bon, eh bien, je vous laisse !

L'infirmière s'en va sans que la vieille dame ait eu l'occasion de dire un mot. Quant à cette visite, elle tombe mal. La vieille dame n'a aucune envie qu'on lui lise un livre ou qu'on lui fasse la conversation. Elle aurait voulu se préparer à sa guise pour les derniers moments qui lui restent à vivre.

La visiteuse demeure silencieuse sur le seuil. Bien, au moins, ça laisse présager qu'elle ne va pas user de formules toutes faites comme l'infirmière. Mais le silence se prolonge et le tic-tac de l'horloge en profite pour reprendre sa course.

– Entrez, je vous en prie ! finit par proposer la vieille dame.

Des pas hésitants et maladroits résonnent sur le parquet. Ils ne traduisent pas seulement la timidité de la personne, mais aussi le fait qu'elle doit porter des talons trop hauts, auxquels elle n'est pas habituée.

– Asseyez-vous près de moi, je crois qu'il y a une chaise à côté du lit.

Sans répondre, la visiteuse approche la chaise du fauteuil. Étrange, décidément, ce comportement. Sans le support d'une voix, cette présence invisible équivaut quasiment à celle d'un fantôme.

– Est-ce que... Je peux toucher votre visage ? C'est ma façon de faire connaissance. On a dû vous dire que je suis aveugle.

– Allez-y !

La voix, un peu enrouée, s'affirme difficilement. Émotion ? Trac ?... Pour quelle raison ?

Les mains de la vieille dame se tendent vers le visage de l'inconnue et commencent leur exploration : les joues sont assez rondes, la peau, lisse et jeune. La vieille dame trouve ainsi – peut-être ? – une explication à la timidité de la visiteuse. Si elle fait vraiment partie d'une organisation de bienfaisance, il s'agit probablement d'une débutante. Mais... Quel dommage de gâcher une peau si jeune avec tant de maquillage ! Les yeux, eux aussi, sont-ils fardés à outrance ? Oui, de plus, ils sont dissimulés par des lunettes. Des lunettes de soleil, on dirait. Quant aux cheveux, ils sont rugueux au toucher. Pourquoi donc porter une perruque ?... Cette jeune femme est-elle déguisée ? Les mains de la vieille dame descendent jusqu'aux épaules.

– Vous n'avez pas trop chaud ? Vous ne voulez pas retirer votre manteau ?

– Non, merci. Je ne vais pas rester longtemps.

La voix est plus claire que l'instant d'avant, mais le ton est sec.

Silence à nouveau. La vieille dame ne sait plus que dire. Il lui semble avoir été accueillante, hospitalière. Elle tâte machinalement le bras droit du fauteuil et s'assure que la sonnette qu'elle peut utiliser pour appeler l'infirmière en cas d'urgence se trouve à portée de main.

Tic-tac. Tic-tac.

C'est pire encore quand on sait qu'on n'est pas seule. Cette étrange visiteuse se décidera-t-elle à parler, à entamer la conversation ? Debout, elle ne disait rien. Assise, elle demeure muette. Cette présence silencieuse va finir par devenir franchement désagréable.

– Je n'ai pas eu de visite depuis si longtemps que…

La vieille dame se rend compte que sa voix tremble et n'arrive même pas à couvrir le tic-tac de l'horloge.

– Nous ne sommes pas obligées de parler.

Toujours cette sécheresse du ton. Si ses mots sont rares, ils sonnent à chaque fois comme un claquement de fouet.

– Comme vous voudrez.

Tic-tac. Tic-tac.

Un bruit sur les vitres de la fenêtre. Comme un coup de griffes. C'est une averse. La pluie bat le carreau, une pluie violente et soudaine. L'arrivée de l'étrangère aurait-elle chassé le soleil ? La pièce doit être sombre à présent.

– Vous voulez peut-être allumer la lumière ?

– La pénombre ne me dérange pas. Au contraire.

La visiteuse pose sa main sur celle de la vieille femme. Enfin un geste ! Mais la main, gantée, fait sciemment tomber la sonnette par terre. La vieille dame hésite à la ramasser, décide plutôt de tenter une nouvelle fois d'amorcer le dialogue.

– Comment s'appelle l'organisation à laquelle vous appartenez ?

– Je n'appartiens à aucune organisation. C'était juste un mensonge pour entrer ici.

L'étrangère se lève et du pied, éloigne la sonnette.

La vieille femme laisse aller sa tête en arrière sur le dossier du fauteuil. Elle a très peur, oui, ce serait mentir que d'affirmer le contraire. Mais curieusement, elle se sent plus détendue. Car maintenant au moins, elle sait. Elle sait que l'étrangère est venue pour la tuer.

C'était ça, le pressentiment.

Il est vrai qu'elle avait imaginé autrement ce moment. Elle avait envisagé une grande faiblesse qui se serait généralisée, comme un anesthésiant courant dans ses veines, une forme de vertige avant de fermer les yeux. Mais décidément, la vie réserve bien des surprises. Jusqu'à la fin.

Tandis que les mains gantées déboutonnent sa chemise et découvrent sa poitrine, elle s'efforce de ne pas bouger, de ne pas paniquer. Le mieux serait de choisir un souvenir agréable et de fixer ses pensées sur ce souvenir avant de partir. Mais son esprit est trop confus. Tout se bouscule, tout se mêle, disparaît bientôt au profit de la douleur provoquée par les mains qui appuient, appuient, avec une énergie croissante, tandis que ce satané tic-tac continue de résonner. Un peu moins fort. De moins en moins fort.

Et finit par se taire. Pour toujours.

LE FUMOIR

– Vous auriez pas une clope ?

– Si, bien sûr. Tenez !

La jeune fille allume sa cigarette et tire une longue bouffée qu'elle savoure avec un plaisir évident, traduisant la sensation de manque qu'elle devait éprouver. Puis elle repousse la perche sur laquelle est installée sa perfusion et s'assoit.

– Visez un peu la crasse ! s'exclame-t-elle en promenant un regard dégoûté autour d'elle. Ils appellent ça un fumoir. Ça ressemble plutôt à des chiottes, oui !

Choquée, la visiteuse assise en face d'elle s'efforce de masquer sa surprise et esquisse un sourire gêné. Elle balaie ensuite la pièce d'un rapide coup d'œil. La jeune fille n'a pas tort. Les fauteuils de skaï sont tous tachés, brûlés au niveau des accoudoirs, le cendrier déborde de mégots et des moutons de poussière envahissent les coins de ce réduit qui, à quelque chose près, n'est guère plus grand qu'un placard. Quant à la peinture, sur les murs, elle est écaillée et criblée d'inscriptions qu'une femme de ménage a visiblement tenté d'effacer en partie. « Médecins, enc... » dit le début de l'une d'elles.

– Il a raison, celui qu'a écrit ça, remarque la jeune malade. Moi, je déteste les toubibs.

Un silence embarrassé s'installe.

La visiteuse croise et décroise ses jambes, feint de chercher quelque chose dans son sac, tout en observant discrètement son interlocutrice. Le bras gauche de la jeune fille porte des marques de piqûres. À l'évidence, celles-ci ne sont pas uniquement le fait de l'hôpital. Elle est vêtue d'une chemise de nuit très courte et légèrement transparente qui laisse deviner une maigreur anormale. Ses jambes sont fines, ses chevilles excessivement menues – comme prêtes à se briser – et sur ses pieds nus, la peau, blanche, diaphane, laisse voir tout un réseau de veinules bleutées. Elle semble si frêle, si fragile. La vulgarité de son langage en est d'autant plus frappante.

– De quoi souffrez-vous ? demande la visiteuse au bout d'un moment.

– Que dalle ! J'ai juste eu un malaise dans la rue, en début de semaine. Comme c'était la nuit, un passant a eu la riche idée de me conduire aux urgences dans cet hosto. Depuis, les toubibs me lâchent plus ! Ils me font examen sur examen. En plus, ils m'ont collée ici, à l'étage des vieux !

– Effectivement, ma grand-mère est hospitalisée à cet étage.

– Je sais pas pour votre grand-mère, mais je peux vous dire que les autres, ils sont franchement dégueu ! Tu parles d'un voisinage ! Ça me fiche les boules, moi !

Une mimique de mépris accompagne ses dernières paroles.

– Je vous comprends parfaitement ! approuve la visiteuse, plus à l'aise. Pour être franche, moi non plus je n'apprécie pas la compagnie des personnes âgées. Je suis venue faire ma B.A. aujourd'hui en rendant visite à ma grand-mère, mais ça me pèse. Elle a mauvais caractère, elle a toujours été revêche et en plus, j'ai vraiment autre chose à faire que de passer l'après-midi ici… Une autre ?

La jeune malade accepte la deuxième cigarette que la visiteuse lui tend et l'allume avec le mégot de la première, dont elle se débarrasse en le jetant par terre.

– Sympa, merci ! dit-elle en acceptant sans manière le paquet entier que finit par lui offrir la visiteuse. Ouf ! Ça fait du bien de parler à quelqu'un de jeune ! J'ai vraiment pas le moral aujourd'hui. Quand est-ce qu'ils vont me laisser sortir, bordel ?!

– Écoutez, je ne veux pas me faire l'avocat du diable, mais si ça peut vous rassurer, sachez que vous êtes dans un très bon service. C'est un service de médecine interne. Le professeur…

– Justement, je peux pas le saquer, celui-là !

La jeune malade fait signe à la visiteuse d'approcher.

– Le prof machin-trucmuche, j'arrive jamais à retenir son nom, murmure-t-elle à son oreille, il fait des recherches sur le sida, et moi je suis séropositive. C'est pour ça qu'il veut me garder ! Seulement à l'étage en dessous, chez les sidéens, y a plus de place, résultat, j'ai atterri ici. Mais merde à la fin ! J'ai pas envie de servir de cobaye et de sortir les pieds devant, moi !

Elle s'interrompt brusquement. Une autre patiente vient d'entrer dans le fumoir. Une femme d'un certain âge portant une robe de chambre de Courtelle rose et chaussée de charentaises à carreaux. Après avoir salué les deux jeunes femmes d'un signe de tête, elle s'assoit et allume une Gitane sans filtre. Comme la jeune malade tout à l'heure, elle tire une longue bouffée dont elle se délecte en fermant les yeux un instant.

– J'arrive à fumer ! s'exclame-t-elle avec un sourire ravi. C'est bon signe. Ça veut dire que je suis guérie. Un mois que je suis ici et je ne pouvais pas allumer une cigarette sans avoir la nausée. Remarquez, les médecins m'interdisent formellement de fumer. Mais ils ne comprennent pas que, d'un certain côté, ma santé en dépend, à cause du moral ! Je suis veuve, mon mari est mort il y a dix ans. Ma seule compagnie, c'est un caniche. Pauvre chou, je l'ai confié à une voisine,

j'espère qu'il va bien, sa maman doit tellement lui manquer… Ah ! C'est bien triste, vous savez, la solitude, précise-t-elle en cherchant tour à tour à accrocher le regard de la jeune fille et celui de la visiteuse. Alors, la cigarette, c'est mon unique plaisir ! Je ne vais tout de même pas m'en priver !

La jeune malade lève les yeux au ciel, l'air de dire : « Quelle barbe ! Manquait plus que ça ! » Elle s'agite sur son siège qu'elle finit par abandonner.

– On va voir votre grand-mère ? propose-t-elle à la visiteuse.

Celle-ci s'empresse d'accepter. Toutes deux quittent le fumoir, laissant la vieille femme aux charentaises à carreaux poursuivre son monologue en dégustant sa Gitane.

– Finalement, je n'ai pas envie d'entendre les jérémiades de ma grand-mère ! soupire la visiteuse dans le couloir. Ça vous dirait d'aller boire un café avec moi ?

– J'aimerais bien, mais j'ai pas le droit de descendre.

– Si vous voulez, je vais vous chercher un café au distributeur en bas et je vous rejoins dans votre chambre.

– O.K. C'est la chambre 110. À tout de suite !

La visiteuse se dirige vers l'ascenseur, se ravise aussitôt : trop de monde. Elle opte pour l'escalier, descend les deux étages qui la séparent du rez-de-chaussée, mais après un bref regard dans le hall, elle remonte jusqu'à l'entresol et attend que les personnes qui se pressent devant le distributeur s'éloignent. Une fois le champ libre, elle prépare la monnaie nécessaire et se dirige vers la machine. Elle se sert un café très serré. Elle en a besoin pour calmer le léger tremblement de ses mains, maîtriser cette nervosité qu'elle sent monter en elle et qui risquerait de la perturber dans les minutes qui suivront.

L'amertume du café lui arrache une grimace, mais elle sent déjà l'effet bénéfique de la caféine. Elle fait couler un deuxième café pour la jeune malade, là-haut. Elle y verse du sucre. En grande quantité. Pas celui de la machine. Celui qu'elle a pris soin d'emporter avec elle, dans son sac. Elle remue le contenu du gobelet avec soin, puis emprunte l'escalier de nouveau.

Dans la chambre 110, la jeune fille fait les cent pas, tirant derrière elle sa perfusion, comme une espèce de gigantesque laisse. Les écouteurs d'un MP3 sur les oreilles, elle s'arrête de temps en temps, balançant son buste d'avant en arrière au rythme de la musique. Le volume est si fort qu'un bruit de percussions emplit la pièce.

– Tenez, buvez tant que c'est chaud !

La jeune fille saisit le gobelet, s'apprête à le porter à ses lèvres, mais, soudain hésitante, scrute la boisson d'un air suspicieux.

– Peut-être qu'il faut pas, avec ce truc ? demande-t-elle en désignant la perfusion.

– Vous en avez envie ou pas, de ce café ?

– Hein ?

La jeune fille réalise que la musique l'empêche d'entendre ce qu'on lui demande et se décide à l'éteindre.

– Ce café, répète la visiteuse, vous voulez le boire ou pas ?

– Ben oui !

– Et cet engin vous gêne, n'est-ce pas ? précise la visiteuse en désignant la perche du menton.

– Plutôt, ouais !

– Alors, on le vire !

D'un geste sec et précis, elle arrache le sparadrap qui maintenait l'aiguille dans le bras de la jeune patiente, et fait rouler la perche à l'autre bout de la pièce.

– Génial ! s'exclame la jeune malade. J'imagine la gueule de l'infirmière si jamais elle débarque !… En plus… Elle me répète tous les matins au p'tit déj, quand je réclame du café, que c'est pas bon pour moi.

– Raison de plus pour le boire, non ?

La jeune fille hésite à nouveau.

– Merde après tout ! Vous avez raison ! déclare-t-elle en avalant la boisson. Vaut mieux que je flanque le gobelet à la poubelle, j'ai pas envie d'entendre un sermon si l'infirmière s'amène.

La jeune fille se dirige vers le cabinet de toilette, mais elle n'a pas même le temps de faire un pas. Prise de vertige, elle s'appuie au mur, pour ne pas *perdre l'équilibre et manque ainsi de renverser la perche de la perfusion.*

– Merde ! Je sais pas ce que j'ai, ça tourne ! s'exclame-t-elle.

– Doucement ! Doucement ! s'écrie la visiteuse en accourant vers elle pour la soutenir.

Il s'en est fallu de peu pour que la perche, en tombant, ne fasse un raffut du diable qui aurait alerté le personnel.

– Je sais vraiment pas ce qui m'arrive...

– Moi si, je le sais, affirme la visiteuse d'un ton sec en allongeant la jeune fille sur le lit.

– L'infirm... Faut appeler l'infir...

– Pas tout de suite ! Il faut me laisser le temps de partir avant. Et vous aussi, il faut que vous partiez. C'est bien ce que vous vouliez, non ? ajoute-t-elle au bout d'une minute, alors que la jeune fille vient de sombrer dans un profond sommeil.

La visiteuse réajuste les gants qu'elle n'a pas quittés depuis qu'elle est entrée dans l'enceinte de l'hôpital et déboutonne la chemise de la jeune dormeuse.

LE 30 OCTOBRE

À L'ATTENTION DU COMMISSAIRE
NATHAN JOFFRE

Cher commissaire,

Avez-vous apprécié la lecture de ces deux nouvelles ? Avez-vous frissonné en parcourant ces lignes ? Je n'en doute pas. Vous savez, vous – mon lecteur privilégié, le seul et unique pour l'instant – qu'elles s'inspirent de faits réels.

La vieille dame de la maison de retraite est morte. Idem pour la jeune malade de l'hôpital. Elles sont mortes, assassinées. Par moi, l'auteur de ces deux textes. Et de ceux qui suivront.

Je commence la rédaction d'un recueil. J'ignore combien de titres il comportera. Six, huit, peut-être davantage. Tout dépendra du contexte, de la personnalité des victimes, de leur capacité de résistance, de mon inspiration du moment. J'entame une œuvre de grande envergure qui va nécessiter beaucoup de travail, un investissement total.

C'était la première fois, avec la vieille dame de l'hôpital, que je commettais un meurtre. Avant d'*écrire*. *Pour écrire*. J'avoue que c'était une expérience sans pareille. Il me fallait effectivement en passer par là pour obtenir un résultat digne de ce nom. La décision a été douloureuse, difficile à prendre. Aussi a-t-elle été longuement mûrie.

On me l'avait conseillé il y a longtemps, mais je n'étais pas encore prête. Pardon, je m'exprime mal. Personne ne m'a suggéré de commettre des meurtres bien évidemment. Seulement, on critiquait mon style, on réclamait davantage de détails réalistes, on me demandait de peindre une ambiance véridique, de créer un univers crédible. C'est donc leur faute. *À eux*. Ceux qui m'ont repoussée. Ils voulaient du vrai ? Ils vont en avoir, croyez-moi. De l'authentique, du sensationnel.

Savez-vous, Nathan, (puis-je vous appeler par votre prénom ?) que je vous respecte infiniment ? Plus que cela. J'ai une admiration sans borne pour vous. Je suis une sorte de « fan ». Certains érigent en modèle un chanteur, une star de cinéma ou un sportif, moi, c'est vous que j'ai choisi. Je connais beaucoup de choses sur vous, vous seriez – vous *serez* – surpris de l'apprendre. J'ai suivi avec intérêt le déroulement de votre carrière, qui arrive maintenant à son point culminant. Je collectionne tous les articles qui vous sont consacrés, toutes les informations relatives à vos enquêtes et j'ai dévoré le livre que vous avez publié l'année dernière : *L'Affaire Morlay*. La narration est vive, palpitante, le style alerte et efficace. Vous savez manier la plume, c'est indéniable. J'ai particulièrement apprécié le passage où vous rapportez l'altercation qui vous a opposé à un journaliste dont l'insouciance avait failli mettre en péril votre travail. Votre explosion de colère était impressionnante. Bravo ! Pour ma part, je déteste les journalistes. Ils sont comme les *autres*. Ils veulent de l'extraordinaire pour vendre leurs papiers. Vendre ! Vendre ! Le mot d'ordre de notre société ! Si encore ils savaient écrire ! Mais la platitude et la prétention de certains articles me font entrer dans une rage folle. Bref, laissons cela ! C'est sans intérêt.

J'ai été bouleversé par votre sincérité. Vous livrez vos émotions, vos obsessions, vos mécanismes les plus intimes. L'originalité de votre récit réside dans ce dialogue inconscient que vous avez établi avec le tueur que vous poursuiviez à l'époque, notamment lorsque vous vous trouviez seul sur les scènes de crime. « Pourquoi as-tu fait ça ? Pourquoi l'as-tu choisie, elle, et pas une autre ? Qu'as-tu éprouvé quand tu as passé tes mains autour de son cou ? » C'était troublant. Et votre désespoir, si sincère, si poignant, de ne jamais avoir de réponses.

Alors justement, moi, je peux répondre à vos questions. Moi, je peux vous livrer mes émotions au moment du meurtre.

Avant de partir pour accomplir ce que vous savez, ma feuille était vierge et j'étais assailli de doutes. Tout se passerait-il comme prévu ? Est-ce que j'irais jusqu'au bout ? Est-ce que je ne flancherais pas au dernier moment ? Qu'écrirais-je en rentrant ? Quels mots noirciraient le papier ?

Lorsque je suis entrée dans la chambre de la vieille dame, je n'avais qu'une chose en tête, cette feuille vierge qui m'attendait. Et toutes mes hésitations se sont subitement envolées. De retour chez moi, je me suis précipité à mon bureau. Ma plume s'est mise à courir, courir, comme si j'écrivais sous une dictée. Quelle sensation extraordinaire ! Je n'ai cependant pas retranscrit les faits dans leur totalité – du moins dans la version que je vous ai soumise. Sinon je vous aurais fourni trop d'indices. C'est pourquoi le ton de la narration peut paraître un peu elliptique par moments. Mais la version intégrale que vous découvrirez sous peu sera bien plus détaillée. Je brosserai le portrait de *la visiteuse* de façon magistrale. Ce personnage marquera la littérature policière. Les élèves apprennent en cours de français la différence entre « auteur » et « narrateur ». Mais lorsque les deux ne font *réellement* plus qu'un, imaginez un peu ! Je pourrais développer une thèse passionnante sur ce sujet.

La chute est pour l'instant trop rapide. Encore une fois, j'y ai été contrainte par rapport à vous, à votre enquête. Cependant, je crois que je ne vais pas insister davantage sur le visage de la vieille femme au moment fatal. Serait-ce utile de peindre la terreur qui se lisait dans ses yeux aveugles, écarquillés, exorbités, dont j'ai bien cru, à un moment, que par quelque miracle, ils allaient recouvrer soudain la vue *pour voir la mort en face* ? De décrire les mouvements paniqués de ses mains qui tentaient vainement d'arrêter les miennes ? Si je dois améliorer ce passage, je pense qu'insister sur l'instant précis où le dernier souffle lui a été ravi serait grotesque, tout juste bon pour un scénario de série télévisée.

Quant à la jeune malade... Là, je dois avouer que, malgré ma première expérience qui me donnait pourtant une certaine assurance, ça a été moins facile que je ne le pensais. C'est que cette jeune grue ne se décidait pas à boire le café que je lui avais préparé ! Et contrairement à la vieille femme, elle n'avait pas envie de mourir. Bien qu'affaiblie par la maladie, son agressivité lui donnait du ressort. Il était donc indispensable de l'endormir auparavant, sinon elle se serait débattue et le travail n'aurait pas été propre. Je me suis efforcée de retranscrire l'authenticité de son langage, même si j'ai dû supprimer çà et là une ou deux remarques que je jugeai trop crues. Les jeunes d'aujourd'hui sont si vulgaires, si mal éduqués !

Bref. J'en reviens à mon propos. Peindre tout cela après coup était enivrant. Les images me poursuivaient. Nul effort pour imaginer. Je n'avais qu'à raconter. Je n'avais qu'à écrire.

Je sens, cher Nathan, que vous me traitez déjà de monstre. Mais l'art exige des sacrifices.

De toute façon, la vieille dame arrivait au terme de sa vie. On l'avait placée en maison de retraite et ce genre d'endroit n'est ni plus ni moins qu'un mouroir. Quant à la jeune fille, elle était séropositive, autant dire condamnée. J'ai simplement devancé le terme de chacune d'elles.

C'est ça, un auteur. À un moment précis, il décide de donner la mort à tel ou tel de ses personnages. Comme Dieu.

Mais je bavarde, je bavarde. Ça aussi, *ils* me l'ont souvent reproché.

Alors, venons-en au but de ce courrier. J'ai l'intention de correspondre avec vous, tout au long de l'enquête que vous allez mener. Je vous fournirai des indices. Des indices précieux pour arriver jusqu'à moi. J'y mets cependant une condition. J'exige une réponse à chacune de mes lettres.

Vous la publierez dans *Chemins noirs*. C'est une revue littéraire peu connue qui paraît le mercredi. Le comité de rédaction est composé d'écrivains amateurs qui publient de temps en temps à compte d'auteur. Ce sont des passionnés de littérature policière et ils permettent à leurs adhérents de laisser aller leur imagination afin de leur proposer des nouvelles noires qu'ils décident d'intégrer à tel ou tel numéro de la revue, selon leur qualité. Outre votre notoriété, je ne doute pas qu'ils apprécieront votre plume. Ils vous éditeront donc sans hésitation.

Pour la cohérence de l'ensemble, je vous autorise à publier mes lettres et nouvelles.

Si jamais vos courriers ne répondent pas à mon attente, si vous vous avisez de mentir sur le déroulement de l'enquête, je le saurai et je couperai court à notre échange.

Dans l'attente du plaisir de vous lire.

Votre dévouée X

COMMISSAIRE JOFFRE À X

Le 8 novembre

Votre courrier traînait sur mon bureau depuis une semaine sans que je l'ouvre. Négligence, manque de temps, ignorance surtout. Comment deviner que ces deux enveloppes anonymes m'étaient adressées par le coupable que je dois démasquer ?

Je n'ai ouvert le premier pli, celui qui contenait les nouvelles, qu'après avoir été officiellement chargé de l'enquête sur le meurtre de Nelly Barnes, celle que vous nommez « la jeune malade ». Après avoir vu son corps, à l'hôpital.

Le décès de la vieille aveugle à Palaiseau n'avait pas paru suspect, le personnel infirmier ayant cru à une mort naturelle. C'est donc votre lettre (la seconde enveloppe) qui m'a avisé de son assassinat.

Merci pour cette information qui me fait gagner un temps précieux. Ça me déchire les lèvres de vous dire « merci », croyez-le bien. Parce que j'ai plutôt envie de vous insulter. Vous avez apprécié mon bouquin, *L'Affaire Morlay*, dites-vous, la sincérité de ce que j'y ai exprimé. Mais là, maintenant, tout de suite, si je veux traduire avec une égale sincérité le moment où un enquêteur découvre une victime – deux, en l'occurrence – savez-vous les mots qui me viennent à l'esprit ? Imaginez-vous la fureur, l'indignation, la rage qui m'envahissent ?

Oh ! Non, tu n'en as pas idée !

Quel genre de malade, quelle espèce de fou, de taré, de dégénéré, de pauvre cinglé peut-on être pour assassiner, de sang-froid, dans la foulée, une vieille femme aveugle et impotente et une jeune fille de vingt ans, hospitalisée pour de graves problèmes de santé ?

Ce que tu as fait est inqualifiable. Oui, tu es un monstre.

Un monstre asexué, en plus. J'ouvre là une parenthèse, mais elle me semble importante. « La visiteuse » est le personnage principal de tes nouvelles et il se dégage une certaine vérité de son évocation. D'autre part, l'infirmière de la maison de retraite m'a confirmé la visite d'une femme. Idem pour « la vieille dame aux charentaises » que j'ai déjà eu l'occasion de rencontrer une première fois à l'hôpital. Le sédatif puissant qui a endormi Nelly Barnes va également dans ce sens. De manière générale, les sédatifs ou barbituriques employés à dose mortelle sont souvent répertoriés comme étant des armes typiquement féminines (dixit les statistiques).

Pourtant…

Sur les deux scènes de crime, ce que j'ai perçu en premier lieu, c'est une forme de lâcheté de ta part. Il te faut des proies faciles. Tu serais incapable de te battre « d'homme à homme ».

En lisant ta lettre, mes hésitations concernant ton sexe ont redoublé. Aurais-tu tapé trop vite le courrier que tu m'as adressé ? Ou bien, toi qui te prétends écrivain, aurais-tu par hasard quelques lacunes en orthographe ? On dirait que toi-même tu hésites entre les deux sexes. Si, dans ta lettre, la plupart des accords sont au féminin, j'ai relevé trois phrases où le masculin surgit tout à coup, de manière assez révélatrice :

« J'ai été bouleversé par votre sincérité. » écris-tu. « J'étais assailli de doutes. » Et enfin : « Je me suis précipité à mon bureau. »

Je ne sais qu'en penser. Pas encore. Soit je m'attache à des broutilles (négligence, simples fautes de frappe ou d'inattention, tu n'as pas relu ta lettre). Soit ces accords masculins sont des lapsus significatifs.

Bref. Homme ou femme, il n'en reste pas moins que le seul fait de penser à toi, de savoir que tu respires le même air que moi me flanque la nausée et je vais tout faire pour te mettre hors d'état de nuire. En attendant, écoute-moi bien : il n'est pas question que tu me donnes la moindre consigne. Je parviendrai à te coffrer, seul, tu entends ? Ça prendra le temps qu'il faudra, mais j'y arriverai.

Va te faire voir, toi, et tes *Chemins noirs* ! Cette réponse est la seule et unique que tu recevras par écrit. La prochaine sera de vive voix, quand je te collerai les menottes aux poignets.

X AU COMMISSAIRE JOFFRE

Le 9 novembre

Cher commissaire, cher Nathan,

Plus que jamais j'ai envie de t'appeler par ton prénom. Oui, va pour le tutoiement. C'est exactement ce que nos relations exigent. Si je pouvais – si je n'étais pas entravée par la nécessité de me dissimuler – je t'appellerais tous les jours sur ton portable, j'imiterais les jeunes d'aujourd'hui, je t'enverrais des mails, des SMS, j'aurais le plaisir d'entendre ta voix au téléphone, au lieu de recourir au moyen quasi obsolète qu'est devenue la correspondance écrite. Ça me permettrait des incursions quotidiennes et répétitives dans ta vie.

Je te l'ai déjà dit, je suis une de tes admiratrices les plus ferventes. Si bien que tes injures ne m'ont pas vexée, au contraire. C'est un début.

Tu me hais pour l'instant, mais qui sait ? Tu vas peut-être apprendre à m'aimer. Oui, j'apprécie ta sincérité. J'avais même prévu ta réaction. Traite-moi de monstre, de folle, de tout ce que tu voudras.

Mais réfléchis avant de m'opposer un refus catégorique. Tu l'as dit toi-même : sans la lecture de ma nouvelle, jamais tu n'aurais su que la vieille aveugle avait été assassinée. Établir un lien entre deux victimes, c'est important dans une enquête, non ?

Je te donne donc une seconde chance. Si tu ne la saisis pas, tant pis, je disparaîtrai. Et tu te retrouveras seul face aux prochaines victimes de *la visiteuse*.

Relis très attentivement *La Dernière Visite* et *Le Fumoir*. Lis ma première lettre entre les lignes. Les indices que ces textes te fournissent ne sont-ils pas indispensables ? Négligerais-tu des pistes supplémentaires ?

Tu as en moi une alliée.

Bien que cela puisse paraître paradoxal, je sais que tôt ou tard, tu m'arrêteras. Parce que je suis persuadée, vu ton talent, que peu à peu, tu vas être en mesure de raisonner comme moi, de penser comme moi. Et alors, oui, tu me passeras les « bracelets » aux poignets – c'est le terme que vous autres policiers, employez entre vous, non ? Mais tu n'y parviendras que lorsque je l'aurai décidé.

Accepte mes conditions.

L'Affaire Morlay a été un succès. Je ne fais que te passer commande d'un second livre. Je réclame le journal de cette nouvelle enquête. Un journal que tu vas écrire sur le vif, sans prendre de recul. C'est mon unique exigence.

Accepte, Nathan.

Par respect pour la mémoire des deux premières victimes. Par égard pour les prochaines.

Pour tenter de sauver ceux que tu veux protéger.

Bien à toi.
X

P.-S. Cette fois, je me suis rel<u>ue</u> avec attention et j'ai vérifié scrupuleusement tous les accords. Je ne pense pas avoir fait de fautes d'orthographe.

Ne perds pas ton temps avec des futilités. Je suis une femme. Tu n'as aucun doute à avoir là-dessus. Je suis la première meurtrière que tu dois traquer. C'est là toute ma fierté, justement.

COMMISSAIRE JOFFRE À X

Le 15 novembre

J'accepte. Je n'ai pas le choix. Allons-y pour le journal de l'enquête.

• *Jeudi 9 novembre*

Visite de routine à la morgue. J'ai beau avoir plusieurs années de métier derrière moi, je ne m'y habituerai jamais. Tu n'as pas insisté, dans tes fichues nouvelles, sur les derniers instants de tes victimes. Je vais m'en charger à ta place. Tu vas lire ce que tu as fait. J'espère bien te donner un haut-le-cœur et t'ôter l'envie de récidiver.

Cette gosse que tu as tuée de sang-froid, oui, cette gosse : vingt ans à peine, toxicomane, vivant en marge d'une société qu'elle rejetait en bloc, c'était une enfant de la D.D.A.S.S. Elle n'avait pas de famille. Pour l'instant, je suis le seul à m'être recueilli sur sa dépouille – si l'on peut dire, vu les circonstances.

Elle était là, devant moi, allongée sur une table d'autopsie. Les instruments ayant servi à ouvrir et explorer son corps se trouvaient encore à proximité, tandis que le légiste me communiquait son compte rendu. Je me suis efforcé de me concentrer sur un ou deux détails pour faire abstraction du contexte : ses cheveux dont j'ai trouvé le contact particulièrement soyeux lorsque je les ai effleurés. Elle n'était pas vraiment jolie, ai-je remarqué, mais son visage avait quelque chose d'émouvant, peut-être à cause de cette rondeur des joues, encore assez marquée, qui lui donnait l'air d'une adolescente. Adolescente elle restera désormais, à jamais. Elle n'aura pas à combattre les rides, juste les vers qu'elle va nourrir bientôt, quand on la mettra sous terre.

Est-ce que tu as déjà perdu un être proche, quelqu'un que tu aimais ? (Si toutefois tu es capable d'aimer, ce dont je doute.) Sais-tu que lorsqu'on se trouve à côté d'un cadavre, on est pris d'une envie incontrôlable de le secouer ? De lui crier : « Allez ! Arrête ce cirque ! Ouvre donc les yeux ! » ? Parce que, malgré la raideur des membres, malgré cette épouvantable lividité du teint, on s'obstine à croire à un simple endormissement.

À cet âge-là, la mort est inacceptable.

Les techniciens de l'Identité judiciaire ont déployé leurs multiples outils scientifiques et passé la chambre 110 au peigne fin. Bien évidemment, tu n'as laissé aucune empreinte. Un vrai travail de professionnel *(le ?)*. (Désolé, j'ai encore des doutes sur ta « féminité ».) Il y a cependant un petit détail que tu as négligé et qui pourra éventuellement m'être utile. Rassure-toi, ce n'est malheureusement pas grand-chose.

Les infirmières, débordées ce jour-là, comme souvent j'imagine, n'ont pu me fournir aucun renseignement précis concernant « une étrange visiteuse », croisée au détour d'un couloir.

« Vous savez bien, monsieur le commissaire, que dans un hôpital, à l'heure des visites, les gens vont et viennent librement. Comment voulez-vous qu'on ait remarqué cette femme ? » m'a-t-on répondu, avec un rien de mépris.

J'ai l'impression que la mort de Nelly n'a pas bouleversé le personnel outre mesure. Normal, après tout, à l'hôpital, on s'accoutume à la mort. On se durcit. Il n'empêche… Parfois, j'imagine des situations un peu farfelues. Des infirmières en larmes lorsqu'elles apprennent le décès d'un patient. Des policiers secoués de sanglots lorsqu'ils se penchent au-dessus d'une victime. Ce serait plus humain, mais notre société ne fonctionnerait plus… Bref. Voilà que je divague, que je bavarde moi aussi. Ta manie serait-elle contagieuse ?

Revenons à Nelly. Elle n'était pas très appréciée. Trop arrogante, trop agressive, tu l'as dit toi-même. Le service qui l'a accueillie n'était pas spécialisé dans la toxicomanie et elle a dû en heurter plus d'un. Seul le professeur qui la soignait m'a paru sincèrement éprouvé. Il avait bon espoir : malgré sa séropositivité, Nelly n'avait pas encore développé le sida. Elle n'était pas condamnée, comme tu l'affirmes. Je comprends le désarroi de ce médecin. Il luttait contre la maladie et c'est une autre ennemie qui a emporté sa patiente. Un sale coup en traître.

Assassiner une malade, c'est le fait d'une autre malade. C'est un acte de démence.

Venons-en à « la vieille dame aux charentaises ». Elle est en effet très bavarde. C'est précieux, un témoin bavard. Bien sûr, il faut savoir faire le tri, mais dans le lot, on récolte forcément des informations capitales.

À peine suis-je entré dans sa chambre qu'elle s'est écriée en portant la main à son cœur :

– Mon Dieu, ce n'est pas possible ! Vous êtes le sosie de mon mari jeune !

Elle m'a dévisagé avec des yeux exorbités, comme si un fantôme venait de lui apparaître.

– Nous nous sommes rencontrés à un bal en 1947. Il était beaucoup mieux habillé que vous bien sûr, m'a-t-elle dit. (Merci pour le compliment lancé au passage.) Mais c'est incroyable ! Vous avez la même allure, la même démarche, le même regard, très sombre, velouté. Il était mieux coiffé, avait les cheveux plus courts et plus soignés, sinon c'est exactement la même nuance de châtain clair ! Oh ! Mon Dieu ! Mon Dieu !

Là-dessus, elle s'est mise à pleurer. J'ai dû attendre un bon moment avant que l'orage se calme. Je lui ai apporté un verre d'eau, je lui ai tapoté la main en la réconfortant comme je pouvais pendant une dizaine de minutes à peu près. Un paquet entier de Kleenex y est passé, puis, enfin, j'ai pu commencer à l'interroger.

– Chère madame, je n'ai pas encore eu l'occasion de me présenter, je suis le commissaire Nathan Joffre de la brigade criminelle. Je suis ici pour enquêter sur un meurtre qui a été commis dans l'après-midi du 23 octobre sur une jeune malade.

– Un meurtre ? Ici ? À l'hôpital, dites-vous ? Qui a été tué ? Une infirmière ? m'a-t-elle demandé après avoir remonté et tapoté son oreiller afin de s'installer confortablement.

– Non, comme je vous l'ai précisé, c'est une patiente, Nelly Barnes, qui a été assassinée. Elle occupait la chambre 110, à cet étage. Pourriez-vous essayer de vous rappeler ce que vous avez fait dans l'après-midi du 23 octobre ? C'est très important.

– Voyons voir ! a-t-elle commencé en promenant ses yeux sur le plafond. Le 23, le 23… C'était quand, le 23 ? C'est terrible comme on perd la notion du temps à l'hôpital ! Est-ce que ce n'était pas le jour où on m'a fait une coloscopie ? Oh ! Si ! C'est ça ! J'ai souffert le martyre ce matin-là ! Je m'en souviens parfaitement, j'ai dû rester à jeun après avoir bu une horrible mixture au réveil. Ça m'a donné une colique effroyable et ensuite, on m'a trimballée sur un brancard. On m'a laissée attendre dans un couloir en plein courant d'air sans…

– Non, non, attendez, madame ! Je pense que vous faites une confusion.

(Je me vois à nouveau contraint à te remercier, X. Sans la nouvelle *Le Fumoir* je n'aurais rien tiré de cet interrogatoire.)

– Concentrez-vous, madame, c'est d'une importance capitale. Je vais tâcher de vous aider. Est-ce que vous vous souvenez d'une après-midi où vous seriez allée au fumoir ?

– Mais oui, bien sûr ! s'est-elle exclamée en se tapant le front. (On aurait dit le commissaire Maigret dans une mauvaise série télévisée.) Comment le savez-vous ?

« C'est moi qui pose des questions, la vieille ! », avais-je envie de lui rétorquer, mes nerfs commençant à craquer. Mais j'ai pris sur moi.

– Mon petit doigt me l'a dit, sans doute à cause de… Je ne sais pas… La ressemblance avec votre mari peut-être ? J'ai l'impression de vous connaître un peu. Alors, ça vous revient ?

Elle s'est levée du lit, s'est installée sur le fauteuil, prenant bien garde de boutonner sa robe de chambre de Courtelle rose qui laissait voir un pan de nuisette en nylon jaune, non sans me jeter un regard qui signifiait « Ne soyez pas coquin, même si vous ressemblez à mon mari ! ». Puis, enfin, elle a daigné enchaîner :

– Bien sûr que je me souviens de cette après-midi-là ! J'allumais ma première cigarette depuis plus d'un mois. Je me sentais beaucoup mieux et j'avais une envie folle de fumer.

Je m'étais muni de Gitane sans filtre et lui en ai offert une.

– On va au fumoir ? Pour se mettre dans l'ambiance ? a-t-elle proposé.

– Non, nous sommes plus tranquilles ici, dans la chambre.

– Mais...

– On passe outre les interdictions de fumer, ai-je affirmé en allumant sa cigarette et la mienne. Je prends ça sous ma responsabilité. Revenons à notre affaire. Vous souvenez-vous avoir croisé quelqu'un au fumoir ?

– Oui, une jeune fille. Je me demande bien ce qu'elle faisait là d'ailleurs, car elle était à moitié nue et trimballait sa perfusion derrière elle. Est-ce que c'est elle qu'on a...

Elle s'est interrompue et a fait le geste de passer sa main d'un bout à l'autre de sa gorge.

– Effectivement, c'est elle qui a été assassinée. Y avait-il quelqu'un d'autre avec elle ?

– Oui, une jeune femme ! Même qu'elles parlaient ensemble quand je suis arrivée et qu'elles ont stoppé net, comme si elles ne voulaient pas que j'entende leur conversation. Elles n'étaient pas très aimables, ni l'une ni l'autre. Il ne leur est pas venu à l'idée de m'adresser la parole.

– Pourriez-vous me décrire cette personne ?

– Évidemment, monsieur le commissaire ! Je perds un peu la tête par moments, l'âge, vous savez, ça joue des tours, mais j'ai une mémoire des visages infaillible. Un vrai appareil photo !

« Très bien ! Parfait ! Balance-la-moi cette photo, et cesse de jacasser, bon Dieu ! » Je n'ai rien dit de ce que je pensais et tâché de me montrer patient une fois de plus.

– Elle devait avoir environ trente ans, peut-être un peu moins. Assez grande, quoique pas trop, disons dans les un mètre soixante-sept. Maigre, surtout du buste, les hanches étant un tantinet trop larges. Elle doit faire un trente-huit. J'ai été styliste dans le temps, vous savez, alors pour les tailles, j'ai l'œil, je suis incollable. Elle portait un tailleur un peu... Comment dire ? Bas de gamme conviendrait, une pâle imitation d'un tailleur Chanel. Elle était très maquillée, une couche de fond de teint beaucoup trop épaisse et trop foncée pour sa carnation. D'ailleurs il y avait une démarcation au niveau du cou, qui prouvait qu'elle avait la peau très blanche. Les cheveux étaient courts, d'un roux un peu... vulgaire, trop rouge. Elle avait des lunettes noires, je ne peux donc pas vous dire la couleur de ses yeux. Son sac était noir verni et ses chaussures marron. Ce n'était pas un modèle d'élégance, mais elle avait l'air très correct. Est-ce que c'est elle qui...

Elle a fait une grimace qu'il m'est impossible de décrire. (Je n'ai pas ton talent d'écrivain.)

– Oui, c'est elle, l'assassin.

– Oh ! Mon Dieu ! Dans quel monde vivons-nous ? S'il faut se méfier des femmes à présent ! C'est une vraie catastrophe !

– Justement, à propos de femmes, j'ai une question supplémentaire à vous poser. Et je vous prie de bien réfléchir avant d'y répondre.

– Je vous écoute.

– Êtes-vous sûre qu'il s'agissait d'une femme ?

– Évidemment que j'en suis sûre, commissaire ! Je suis tout de même capable de rec...

– Je vous ai demandé de réfléchir avant de me répondre. Il se peut très bien que cette personne se soit déguisée en femme. Déguisée très soigneusement.

– Vous voulez dire... ce genre d'hommes qui se font enlever les... (Elle a esquissé un geste en direction d'une certaine partie de mon anatomie) et se font mettre des... (Nouveau geste au niveau de sa poitrine) pour ressembler à des femmes ?

– Non, je ne parle pas d'un transsexuel, j'évoque simplement quelqu'un qui se serait déguisé. Cette personne avait des lunettes de soleil, on peut supposer qu'elle portait aussi une perruque. Vous m'avez dit vous-même que son fond de teint était trop épais, c'était peut-être pour dissimuler des poils de barbe ?

– Non, non, impossible ! Je suis formelle. Il y a des détails qui ne trompent pas. Il se trouve que, je vous l'ai dit, j'étais styliste, alors comme je trouvais son sac verni noir assez joli, j'ai regardé ses pieds pour voir si ses chaussures étaient assorties, et c'est comme ça que j'ai pu constater qu'elle chaussait un petit 36. 36, ce n'est pas une pointure d'homme, monsieur le commissaire, sans compter que... Je dois reconnaître qu'elle avait de jolies jambes. Très jolies, même. Ce n'étaient pas des jambes d'homme, vous pouvez en être sûr. Ce talent d'observation est dû à la déformation professionnelle, j'avais l'habitude, vous savez, quand je dessinais un modèle, d'avoir en tête l'image du mannequin qui allait le porter, alors pour décider de la longueur d'une jupe, par exemple, je tenais compte du galbe d'un mollet ou...

– Très bien ! Très bien ! Vous m'ôtez de l'esprit un doute très important. Voyez-vous autre chose qui pourrait m'aider ?

Elle a pris le temps de réfléchir un long moment.

– Non, je ne crois pas. Quel dommage que je sorte demain ! Zut alors ! Je regrette presque d'être guérie. En restant ici, sur le lieu du crime, je me serais peut-être souvenue de quelque chose d'autre. Mais notez mon adresse, commissaire ! Venez me voir chez moi ! Des fois qu'un détail capital me reviendrait en mémoire. Et puis, ça me fera de la compagnie. Vous savez, je vis seule...

– Avec votre chien, un caniche que vous avez confié à une voisine, ai-je terminé. Sa maman lui manque beaucoup, mais rassurez-vous, il est bien traité.

– Com... Comment savez-vous cela ? a-t-elle bégayé.

– Je crois en la réincarnation, et je pense que votre mari vit sa seconde vie dans mon corps.

Je lui ai fait un baisemain en guise de salut et l'ai laissée à sa stupeur.

C'est tout pour « la vieille dame aux charentaises ». Du moins pour l'instant. Car j'irai la voir chez elle. Il faut juste que j'apprenne à m'armer de patience avec elle. Simple question d'entraînement, j'y arrive bien avec toi, n'est-ce pas ? Alors que c'est autrement plus difficile en ce qui te concerne.

Ainsi, chère X, tu as la trentaine. Tu mesures environ un mètre soixante-sept, tu as la peau blanche et une belle paire de jambes. Le portrait-robot s'annonce plutôt flatteur. (Oui, finis les doutes sur ton sexe.) Encore un effort à fournir pour t'habiller avec plus d'élégance – si l'on en croit cette vieille pie – mais on peut supposer que ton déguisement a sciemment mis en évidence une certaine maladresse qui ne serait pas naturelle.

Un petit ami ? Un amant ?

Si oui, est-il au courant des folies de sa compagne ?

Ou alors, c'est la solitude totale, le désert affectif ? On n'arrive pas à draguer, alors on se venge comme on peut ?

Le chapitre de l'hôpital est clos. Ah non ! J'oubliais un dernier détail. Les analyses du gobelet de café ont révélé que pour endormir Nelly, tu as utilisé du Rohypnol.

Et si tu t'en prenais une bonne dose dans la foulée, toi aussi, dis ?

• *Vendredi 10 novembre*

Maison de retraite de Palaiseau.

Palaiseau est une banlieue que je trouve pour ma part assez sinistre et la grisaille de la Toussaint aujourd'hui n'avantageait guère le paysage. Quand la maison de retraite s'est découpée sur la brume, c'était d'une tristesse à mourir.

Justement, elle y est morte, Amélie Archambault.

Et elle attend maintenant dans un tiroir de chambre froide, que la famille daigne enfin s'occuper de ses funérailles. Pas pressée pour l'instant, la famille. C'est toi qui l'as expédiée dans ce foutu tiroir. Oui, j'insiste lourdement. Mais c'est ma façon à moi de te faire payer.

Inutile d'envoyer l'équipe de l'I.J. dans la chambre où le crime a été commis. Le personnel ayant cru à un arrêt naturel du cœur, la pièce a été rapidement remise en ordre afin d'accueillir une nouvelle pensionnaire. Ainsi, nettoyées, disparues, évaporées, les éventuelles traces de ton passage. Plus rien. Un vrai fantôme !

– C'était une jeune femme tout à fait correcte, m'a dit l'infirmière qui t'a introduite dans la chambre. Entre vingt-cinq et trente ans à peu près, les cheveux mi-longs, blonds, habillée de manière... je ne sais plus trop, assez stricte, il me semble. J'ai juste noté machinalement qu'elle était trop maquillée, et encore, avec les lunettes qu'elle portait... Elle m'a dit qu'elle appartenait à une organisation de bienfaisance, Caritate, un truc de ce genre, je ne me souviens plus exactement. Je l'ai crue, moi ! Pour une fois qu'Amélie recevait une visite, j'allais pas chipoter. Vous comprenez, la Mamie (on l'appelait comme ça entre nous), personne n'était jamais venu la voir depuis au moins cinq ans, vous vous rendez compte ?

– Qui l'a installée ici ?

L'infirmière a appelé la directrice de l'établissement qui, après quelques recherches dans ses dossiers, m'a donné un nom : un certain Louis Debreuil, le petit-fils d'Amélie. Il ne s'est pas encore manifesté, bien que la directrice lui ait laissé plusieurs messages sur son portable. J'ai lancé des recherches sur lui. Je vais sans doute le rencontrer prochainement, je te tiendrai au courant.

Je m'apprêtais à partir lorsque la directrice m'a pris à part pour me murmurer à l'oreille :

– Je vous prierai de rester discret sur le nom de notre établissement. Vous comprenez, ce serait mauvais pour notre réputation.

Tu as raison sur un point au moins. L'argent est roi. Il a balayé toute sensibilité. N'en déplaise à madame la directrice, la publication de mes lettres dans cette revue merdique me contraint à ne pas respecter la discrétion. Et puis de toute façon, la maison de retraite et sa réputation, rien à foutre !

Revenons à notre portrait-robot. Pas d'information supplémentaire. Une fois rousse, une autre fois blonde. Perruque, lunettes noires. Il me manque la couleur de tes cheveux et de tes yeux. Il faut donc que je fasse jouer mon imagination. Tu as choisi le blond et le roux pour te camoufler, ce qui laisserait supposer que tu es brune. Mais cela n'a rien de sûr. Je ne veux pas tomber dans le cliché : le brun, la couleur des ténèbres, qui révélerait un caractère diabolique... Bof ! Pas très convaincant. Tu es intelligente, serait-ce un point supplémentaire en faveur du brun ? Non ! Gare encore aux clichés : les blondes ne sont pas toutes des débiles mentales. Quant à tes yeux, impossible de deviner. Pourtant, c'est d'une sacrée importance, le regard, n'est-ce pas ?

Si tu me confiais ce détail ? On dirait presque que je te drague ! Je sens que tu vas m'accuser de machisme. Soit. Mais, à ma décharge, et tu l'as précisé toi-même, c'est la première fois que je traque une femme. Alors, mes travers masculins ressortent. Ça engendre chez moi des réactions imprévues.

Et pour continuer sur ce registre, j'en ai assez de t'appeler X. J'aimerais connaître ton prénom. Bien évidemment, tu ne me le dévoileras pas. Alors, si on convenait d'un faux ? Ou d'un surnom ? Qu'en penses-tu ?

L'autopsie a révélé que tes deux victimes sont mortes asphyxiées. Une asphyxie provoquée par une forte pression sur la cage thoracique. Cette technique est très originale. Utilisée sur des individus faibles, elle est infaillible et présente l'avantage de ne laisser sur les corps aucune trace de violence – du moins visible à l'œil nu.

Ce procédé me rappelle, entre autres, une affaire très célèbre, qui a défrayé la chronique en 1918, celle de Jeanne Weber. On l'avait surnommée l'Ogresse de la Goutte-d'Or, parce qu'elle tuait des enfants. Comme elle utilisait justement cette technique, on a eu beaucoup de mal, à l'époque, à prouver sa culpabilité, la police ne bénéficiant pas de moyens d'investigation aussi perfectionnés qu'aujourd'hui. Ses victimes semblaient être mortes pendant leur sommeil.

Est-ce que, par hasard, ce serait une ancêtre à toi ? Jeanne, ça t'irait comme prénom d'emprunt ? Pour ma part, je n'aime pas beaucoup. C'est un peu commun, désuet aussi. Ou alors, l'Ogresse ?

Ou bien, comme tu es une maniaque de la littérature policière, pourquoi pas Agathe ? En référence à Agatha Christie ? De plus, l'agate est une pierre noire, alors, en supposant que tu es brune, que tes yeux sont également sombres, ce serait pas mal, non ?

Ton premier courrier a été posté du XVe arrondissement. Le deuxième, depuis la poste des Halles. Tous deux sont partis à dix-huit heures. À suivre.

Tu utilises un ordinateur portable. Probablement un PowerBook ou un modèle approchant. Du papier extra-strong. Comme des milliers d'écrivains. Et quand tu frappes – les touches du clavier, j'entends – tu as tendance à inverser souvent le « i » et le « e » dans le mot « bien », ce qui t'oblige, une fois ton texte imprimé, à utiliser du blanc correcteur, celui qu'on peut se procurer dans tous les Monoprix de France et de Navarre. Oh ! Un simple détail, tu es toujours trop pressée lorsque tu m'écris. Peut-être devrais-tu utiliser le correcteur d'orthographe de ton ordinateur ?

P.-S. Les analyses scientifiques des enveloppes contenant tes nouvelles et ta première lettre m'ont donné un espoir. On y a prélevé des cheveux. C'est terrible, les cheveux, on en perd une centaine chaque jour. L'examen de ces cheveux nous a conduits à un ADN révélant un sexe féminin d'un côté, masculin de l'autre. Du coup, mes doutes ont repris ! Pour le sexe féminin, il s'agissait de la factrice de la poste du XVe arrondissement. Pour l'autre, on a cru pendant un temps tenir le suspect numéro un, jusqu'à ce qu'on découvre que c'était… moi. Eh oui ! Je m'arrache les cheveux en te lisant !

Je crois qu'il vaut mieux, avec toi, que j'en revienne aux bonnes vieilles méthodes de mes prédécesseurs. Je laisse la science de côté pour l'instant, et je privilégie le feeling, le sixième sens, le raisonnement. C'est pour ça que « Agathe », décidément, ça conviendrait pas mal. Parce qu'il raisonnait diablement bien, Hercule, non ?

AGATHE AU COMMISSAIRE JOFFRE

Le 16 novembre

Très cher Nathan,

Va pour Agathe.

Cependant je ne revendique pas la référence littéraire. Car je déteste Agatha Christie. C'est une littérature dépassée, affreusement datée, j'espère que tu en conviendras. Elle peut, à la rigueur, servir de tremplin aux jeunes lecteurs pour accéder à la véritable littérature policière. Est-ce que ton fils, Thomas, a déjà lu Agatha Christie ? J'aurais tendance à imaginer que oui. (D'après ce que j'ai entendu dire, Joffre junior serait un gamin intéressant, assez mûr pour son âge. Il aurait ainsi hérité des gènes de son père.)

De manière générale, même dans la littérature policière contemporaine, je ne vois aucun écrivain féminin digne de ce nom. Les nouvelles parutions sont bourrées de lieux communs. C'est une écriture mièvre et plate. Pas de documentation sérieuse, aucun point de vue de l'intérieur. Ça va changer, désormais. Je vais initier un nouveau genre.

Toi, au moins, tu le fais, cet effort de considérer les choses de l'intérieur. Peut-être un peu trop.

Si tu me permets cette critique, je trouve le ton de tes dernières pages quelque peu pleurnichard. Fais attention ! Tu me sers le cliché du policier éploré en salle d'autopsie devant le cadavre d'une victime jugée trop jeune. Tu te lamentes sur la solitude du troisième âge. Or combien sont-elles, ces malheureuses grands-mères décédées en maison de retraite qui finissent parfois dans la fosse commune, par négligence de la famille ? Elles sont innombrables !

À ta décharge, je sais ce qui s'est passé en toi. J'ai touché un point sensible. Ta mère est morte l'année dernière. Précisément dans une maison de retraite. Il y a cinq ans de cela, elle était vieille, malade, diminuée, incapable de s'assumer seule. Lorsqu'il a fallu prendre une décision la concernant, ton épouse a refusé ta proposition de l'accueillir sous votre toit. Votre couple commençait déjà à battre de l'aile à l'époque. Alors tu as dû faire un choix douloureux entre ta femme et ta mère. Tu as choisi ta femme et je pense que tu as eu raison. Mais le sort s'est décidément acharné sur toi, le décès de Mme Joffre est survenu au moment où une enquête capitale t'accaparait, où tu devais courir les avocats afin de te battre pour obtenir la garde de Thomas. Si bien que ta mère est partie dans la solitude la plus totale.

Amélie Archambault, à Palaiseau, a remué ces pénibles souvenirs. Le sentiment de culpabilité est revenu te torturer. (Quand je te disais que je connais beaucoup de choses sur toi, tu vois, ce n'était pas un mensonge.)

Mais c'est la vie, Nathan. La vie n'est rien d'autre qu'une espèce de parcours jalonné par la perte des êtres chers. Il faut cependant relativiser. Le décès d'une mère âgée est dans l'ordre des choses. En revanche, imagine ! Si tu perdais ton fils ?

Ton portrait-robot m'a fait monter le rouge aux joues. Le jour où nous nous rencontrerons, il me faudra porter un pantalon. Car si jamais ton regard s'attardait sur mes jambes, ma pudeur ne le supporterait pas. Même si… Ah ! Nathan ! Lorsque je me laisse aller, j'imagine… Impossible de traduire ce que j'éprouve. Je suis un auteur de policiers, non d'écrits érotiques.

Je ne peux pas te dévoiler la couleur de mes cheveux, encore moins celle de mes yeux. Mais je consens à te donner un indice. Si j'accepte le prénom dont tu veux me baptiser, c'est précisément à cause de l'agate, la pierre. Mais tu commets une erreur en affirmant que l'agate est une pierre noire. Elle ne l'est qu'une fois polie en bijouterie. Je te livre la définition du *Petit Larousse* sur laquelle tu peux méditer : « Agate, roche siliceuse, variété de calcédoine, divisée en zones concentriques de colorations diverses. » La couleur de mes yeux est en effet originale et elle me confère quelque chose d'indéfinissable dans le regard. Un charme particulier.

Pour finir sur le chapitre des critiques, je te dirai que pour l'instant, ces piques que tu t'évertues à me lancer dans l'intention de me blesser, je les trouve plutôt amusantes. Mais je sens bien qu'elles finiront par m'agacer. Je n'aime pas la vulgarité. Elle me choque. J'ai relevé dans ta lettre plusieurs termes que tu aurais pu gommer. « Merdique », « foutre », « drague ». C'est indigne de toi. Je crois que je vais t'offrir un dictionnaire des synonymes.

D'ailleurs, tu devrais avoir plus souvent à l'esprit qu'en tant que père, tu dois donner l'exemple. Si tu emploies des gros mots devant ton fils, comment veux-tu qu'il s'exprime correctement ? Ne fais pas en sorte qu'il devienne un de ces jeunes voyous, tels qu'on en croise beaucoup trop dans les rues de nos jours.

Ton « petit détail » m'a fait sourire. Est-ce bien le paquet de cigarettes que j'ai eu l'imprudence d'offrir à Nelly, la négligence de laisser dans sa chambre ? Des Lucky Strike sans filtre. Voyons, combien de fumeurs ont adopté cette marque ? Des milliers sans doute. Dont tu fais partie, d'ailleurs. Je sais que c'est ta marque de cigarettes, il fallait voir dans cette modeste pièce à conviction un clin d'œil de ma part. Allez, un autre indice (décidément je suis généreuse aujourd'hui) : je ne fume pas.

Entre les Lucky Strike et les cheveux trouvés sur une de mes enveloppes, il s'en est fallu de peu pour que tu te retrouves en prison à ma place.

Attention aux fausses pistes.

J'en profite pour te conseiller d'arrêter de fumer. Encore un mauvais exemple pour ton fils. Et s'il allait, en cachette, s'acheter un paquet de cigarettes en sortant du collège ?

Il est seize heures. Ma fenêtre donne sur la sortie d'une école. J'aperçois le cortège des mamans qui attendent leurs chérubins. Goûters en main, elles papotent allégrement. Les petits ne tardent pas à sortir et les retrouvailles sont émouvantes. C'est fou comme on les protège à cet âge-là, n'est-ce pas ? On a si peur qu'il leur arrive quelque chose, ils sont si fragiles. Mais très vite, sous prétexte que les enfants passent au collège, finies la protection et la vigilance ! Les adolescents rentrent seuls à la maison, ils se rendent seuls à leur centre de sport, on les croit à l'abri du danger. Pourtant, comme les parents devraient se méfier ! Le danger est toujours là, qui guette. Il se manifeste souvent au moment où on s'y attend le moins.

Tu sais, j'aurais aimé avoir un enfant moi aussi. Mais ma carrière a exigé ce sacrifice. On ne peut pas tout avoir dans la vie.

Cette lettre sera postée boulevard Saint-Michel. Ne t'embarrasse pas de détails futiles. Le métro, c'est rapide, tu sais. Une demi-heure de trajet, trois quarts d'heure ou vingt minutes et hop ! On glisse son courrier dans une boîte en gardant l'anonymat. Quand j'aurai écumé tous les arrondissements de Paris, il me restera la banlieue. Grâce au RER. Vive les transports en commun ! Et si jamais j'ai envie de faire un tour en province un week-end, le TGV est extrêmement pratique.

Je dois interrompre cette lettre à présent. J'ai du travail. Une idée m'est venue pour une troisième nouvelle. Je ne peux pas encore te la confier. Il faut que je rédige plusieurs esquisses de synopsis, que je les analyse, que je pèse le pour et le contre en fonction de ce que j'aurai à accomplir sur le terrain. Ensuite je ferai un choix.

Et j'agirai.

Nous pourrons alors nous reparler. Nous aurons tellement de choses à nous dire.

Bien à toi.
Agathe

COMMISSAIRE JOFFRE À AGATHE

Le 22 novembre

Rien de particulier à relater. L'enquête piétine.

Je vais tâcher désormais de surveiller mon langage, puisque celui que j'emploie naturellement semble te heurter. Cependant, il faut savoir vivre avec son siècle. D'après mes informations, tu n'as guère plus d'une trentaine d'années, voire moins. Soit tu as eu une éducation très stricte pendant ton enfance, soit... Je ne sais pas. Tu n'as peut-être pas eu l'occasion d'être en contact avec des jeunes. Ou alors c'est l'inverse. Vivrais-tu dans une banlieue défavorisée ? Le voisinage des jeunes des cités te gênerait-il ? Ça ne colle pourtant pas avec ce que j'imagine de ton allure et de ton univers. (C'est toujours très flou à ce niveau-là, je dois l'avouer.) Ou bien encore, nouvelle hypothèse qui me vient à l'esprit : tu as exercé le métier d'enseignante et tu as eu de graves problèmes qui t'auraient contrainte à décrocher ? Tu ne serais pas la première, mais de là à devenir une criminelle...

Laissons là les suppositions diverses et les questions auxquelles tu ne répondras pas.

J'ai cru discerner des menaces dans ta dernière lettre. Je pense qu'il est encore temps d'essayer de te dissuader du « projet » que tu as en tête, puisque tu ne travailles qu'au synopsis de ta prochaine nouvelle.

Ne touche pas à un enfant.

Ne fais pas ça. PAS ÇA.

Je ne peux m'empêcher de penser que tu as été victime d'une déception sentimentale qui justifierait tes problèmes comportementaux. Tu aurais dû trouver un homme qui t'accompagne dans la vie. Tu aurais dû avoir des enfants. Il n'est peut-être pas trop tard ?

Les sous-entendus de ton dernier courrier ne sont-ils encore qu'une fausse piste ? Un piège que tu me tends ? Est-ce que je dois mobiliser toute une équipe afin de répertorier les domiciles parisiens dont les fenêtres donnent sur la sortie d'une école ?

Tu ne me rends décidément pas la tâche facile.

P.-S. On laisse ma vie privée de côté, d'accord ? Mon fils, ma mère, qui que ce soit parmi mes proches, tu les oublies. Tu as dit toi-même qu'il fallait se méfier des journalistes. Ce que tu as pu lire dans je ne sais quel canard bas de gamme ne présente aucun intérêt, n'a aucun écho de vérité.

Tu nourris à mon égard des pensées qui te font rougir, dis-tu. De mon côté, je renoue avec l'insomnie. Par ta faute. Ton image me poursuit. Lorsque j'arrive, à une heure fort tardive, à fermer les yeux, je me réveille en sursaut peu de temps après, et j'ai l'impression que tu es là, penchée au-dessus de moi. Telle une succube. Je ne te vois pas, mais je te sens, là, à mes côtés.

AGATHE AU COMMISSAIRE JOFFRE

Le 23 novembre

Désolée, je suis submergée de travail.

Travail sur le terrain : missions de reconnaissance, éventuelles prises de contact, évaluation du danger et du pourcentage de réussite.

Travail à domicile : construction du synopsis, toujours en cours.

Je te recontacterai lorsque je serai plus disponible.

En attendant, il va falloir te débrouiller seul, mon grand. Mais tu y arriveras très bien, car contrairement à ce que tu affirmes dans ta dernière lettre, je sais que l'enquête progresse. Nous en reparlerons en temps utile.

À toi.
Agathe

AGATHE AU COMMISSAIRE JOFFRE

Le 30 novembre

Nathan,

Est-ce que je t'ai manqué ? J'ose espérer que oui.

Reprenons notre collaboration si tu le veux bien.

Je viens de relire ton dernier courrier. Quelle fadeur ! Quelle hypocrisie ! Je crois que je préférais encore la pleurnicherie alternée à l'agressivité de tes précédentes missives. Elles avaient au moins l'avantage d'être sincères. Qu'ai-je à faire des considérations psychologiques de bas étage sur mes éventuelles désillusions sentimentales ? C'est l'enquête qui m'intéresse, et tu la passes sciemment sous silence. Or, de mon côté, je suis prête à franchir une nouvelle étape.

Je veux que tes lettres soient écrites à la manière d'un véritable journal. Que fais-tu ? Avec qui parles-tu ? Avec qui sors-tu ? Quelles sont tes pensées intimes ? Il va sans dire qu'il vaut mieux m'épargner les poncifs relatifs aux collègues de travail. Il n'est pas question que ta vie privée soit mise de côté, bien au contraire. Je veux désormais que tu évoques tes proches. Ton fils, surtout. Si ce que j'ai lu dans telle ou telle feuille de chou est faux, comme tu le prétends, c'est le moment de corriger mes erreurs. Il faut que ta prochaine lettre m'accroche, qu'elle ait du mordant. En outre, Thomas devra en être le principal protagoniste. Abreuve-moi de détails, de descriptions, de sentiments, de sensations, sinon j'interromprai notre correspondance.

Là, oui, c'est une véritable menace. Ne me déçois pas, Nathan, ne me déçois pas !

COMMISSAIRE JOFFRE À AGATHE

Le 1er décembre

Thomas passe le week-end avec moi. Ça fait quinze jours que je ne l'ai pas vu. Il a déclaré forfait la semaine dernière, prétextant qu'il avait trop de devoirs. Je sais que c'était du bluff. Sa mère m'a dit que ses résultats scolaires étaient en baisse, qu'il n'était plus aussi assidu dans son travail que l'année passée. Je n'ai pas envie de l'embêter avec ça. Mais j'appréhende sa venue.

Depuis quelque temps, nos rapports ne sont plus les mêmes. J'ai tendance à vouloir à tout prix retrouver en lui le comportement de l'enfant qu'il était il y a quelques mois à peine et qu'il n'est soudain plus. Il semble être entré dans l'adolescence tout à coup, sans crier gare. Ou alors c'est moi qui n'ai rien vu venir, j'ai dû louper un virage dans ma route de père.

Aujourd'hui, samedi, je lui ai proposé une balade sur les quais. Il m'a accompagné, mais à l'évidence le cœur n'y était pas. Il faisait un froid sec, mordant, le ciel était d'un bleu profond, comme il l'est rarement en hiver à Paris, c'était agréable, mais ça pinçait vraiment. Thomas a jugé bon de sortir vêtu d'un simple tee-shirt et d'un jean d'été (taille basse laissant voir la naissance du slip et cuisses larges en accordéon). Je me suis contenté d'un regard appuyé, sans lui demander d'enfiler un pull ou un blouson. Inutile d'aller au-devant des ennuis. Il n'empêche que j'en avais la chair de poule pour lui.

Nous avons marché en silence. Autrefois, Thomas était incroyablement bavard, il me servait un babil incessant, se faisait un plaisir de me raconter par le menu la semaine passée en compagnie de sa mère, ses aventures au collège, ne se privant pas au passage de critiquer son beau-père – ce que j'appréciais, je l'avoue. Je ne l'interrompais que par de vagues onomatopées, ponctuant son bavardage de « Ah oui ? », « C'est vrai, ça ? », « Eh ben dis donc ! » en prenant un air hautement intéressé. À présent, je dois souvent m'efforcer de rompre ce silence qui s'installe entre nous. Il me faut tirer Thomas de ses pensées – des pensées qui l'absorbent, qui le transportent dans un monde qui m'est malheureusement fermé.

– Alors, comment ça marche au collège cette année ? me suis-je enfin risqué.

Première bévue. Je ne pouvais trouver pire comme entrée en matière que cette sempiternelle question sur le travail scolaire.

– Ça va.

– C'est dur, la quatrième ? Vous avez beaucoup de boulot ?

Aïe ! Je m'enlise.

– Comme ça.

– Et à la maison ?

– Ça va aussi.

Une pause dans ce dialogue des plus palpitants. Le temps de chercher, loin, très loin dans mon pauvre cerveau soudain inopérant, la miraculeuse question qui n'appellerait pas une réponse monosyllabique.

– Au fait, t'as emménagé dans ton petit studio ?

Depuis son second mariage, la mère de Thomas a développé une sorte de passion pour l'investissement dans les biens immobiliers. Après notre divorce, elle et son mari ont acheté un appartement. Une promotion sociale pour elle d'accéder enfin à la propriété, après avoir vécu avec moi, pauvre flic qui ne pouvais lui offrir que la précarité de la location. Cet appartement a été revendu un an après, avec bénéfice. Ils en ont ensuite acheté un autre, beaucoup plus grand, qu'ils ont vendu à nouveau. Ils ont ainsi déménagé trois fois en trois ans. Ce que je n'ai pas trouvé très sain pour l'équilibre de Thomas. Le dernier investissement de mon ex-femme réside dans l'achat d'une chambre de bonne au sixième étage de l'immeuble où elle habite actuellement. Après quelques travaux, elle a proposé à Thomas de s'y installer afin qu'il ait une relative indépendance – et elle aussi, les rapports de Thomas avec son beau-père n'étant pas des plus harmonieux.

– Ouais ! m'a répondu Thomas. Je me suis installé la semaine dernière, c'est super !

Une phrase entière ! Quelle aubaine ! Mon fils m'a fait là un merveilleux cadeau ! Une phrase entière, prononcée, qui plus est, sur un ton enthousiaste. Victoire ! Sans compter que sa réponse mettait également un baume sur la plaie ouverte la semaine passée : s'il avait refusé de venir me voir, c'était précisément à cause de son installation. Tout nouveau, tout beau.

– Ah ! Bon ! Ça te plaît alors ? Mais dis-moi, ça te fiche pas un peu la trouille de dormir seul, la nuit ?

– Non, c'est trop cool. Je peux me coucher quand je veux, je peux mettre la musique à tue-tête, j'ai la paix ! Avec l'autre con, fallait toujours que je baisse le volume.

Parenthèse. « L'autre con », traduction : son beau-père. Désolé pour la grossièreté, Agathe. Mais Thomas est jeune, il faut lui pardonner.

– La musique à tue-tête ? Et les voisins, ils râlent pas ?

– Non, là-haut y a que moi et une fille qui a emménagé à la rentrée. On s'entend bien, elle est super sympa.

– Qu'est-ce qu'elle fait, cette fille, elle est étudiante ?

– Je sais pas. Ouais, p't'être !

Sans transition, il a flanqué les écouteurs de son MP3 sur les oreilles, mettant ainsi un terme à notre conversation. Rideau ! La boutique est fermée.

Bon, j'avais réussi à lui soutirer trois phrases et demie d'affilée, une ébauche de sourire – lorsqu'il a évoqué sa voisine – j'avais remporté plus qu'une victoire, je triomphais ! Je pouvais me permettre de savourer mon succès un moment. Je n'ai donc pas cherché à parler davantage.

Nous nous promenions parmi les étalages des bouquinistes sur les quais. J'ai une passion : j'adore les vieux livres. La plupart des types n'ont pas idée des trésors qui dorment dans leurs caisses. Il m'est arrivé un jour de trouver une édition originale de Baudelaire à cinq euros. Je pourrais la revendre facilement pour une somme rondelette, mais je préfère la garder. Thomas marchait derrière moi, à trois bonnes enjambées de distance. Genre : « Je me balade seul. Je connais pas ce mec qui se met à quatre pattes et qui fouille dans toutes les caisses. »

Avant, Thomas – le petit, le gosse dont j'avais l'habitude, pas le grand échalas qui, les bras ballants, le regard vide, marche en traînant des pieds derrière moi – adorait fureter parmi les vieux livres, il aimait lire aussi (et pour répondre à une de tes précédentes questions, oui, il a lu et aimé Agatha Christie, même si très vite il lui a préféré Michael Crichton). Mais aujourd'hui il n'a pas daigné mettre le nez dans les bouquins.

Pourtant j'avais vraiment besoin d'un coup de main, car je ne fouillais pas au hasard dans les caisses. Je cherchais un livre dont je ne parvenais pas à retrouver le titre. Rien dans les cinq premières caisses. Je me suis vite senti agacé, d'autant que Thomas restait là, planté derrière moi, les écouteurs de son MP3 vissés aux oreilles, sans montrer le moindre intérêt pour mes recherches.

– Ho ! Thomas !

D'un geste de la main, je lui ai demandé d'éteindre sa musique.

– Quoi ?

– J'ai un truc à te demander. Tu te souviendrais pas par hasard de ce bouquin policier que j'ai acheté il y a deux ans ? Tu me l'avais piqué un week-end, ta mère t'avait surpris en train de le lire, et ça m'avait valu une belle engueulade.

Elle trouvait que tu étais trop jeune pour le lire, que c'était trop violent, traumatisant. Elle l'avait même flanqué à la poubelle...

Grimace évasive.

– Non, je vois pas.

– J'arrive pas à mettre la main dessus ! Il me le faut absolument, ce livre. Je bosse en ce moment sur une affaire et...

Thomas allait rallumer dare-dare sa musique, mais il a dû percevoir mon désarroi.

– De quoi ça parlait ?

– D'un serial killer. Un type qui enlevait des enfants et les tuait.

– Ah ! Ouais, je vois ce que tu veux dire. Le mec, il étouffait les gosses, non ?

– Oui, c'est ça.

– Ça a été un super best-seller, ce bouquin, non ? J'ai lu dans un journal au CDI qu'ils sont en train de l'adapter au cinéma. Ah ! Ça fait chier ! J'ai le titre sur le bout de la langue !

Mes plus plates excuses, Agathe, pour cette nouvelle grossièreté, mais tu m'as demandé d'être sincère dans mon écriture.

– Pourquoi tu vas pas voir chez le mec qu'a les services de presse dans un carton ?

C'était une excellente idée. Le bouquiniste dont parlait Thomas rassemble les services de presse revendus par les journalistes. Son étalage se trouve en face du *Notre-Dame*. Il en avait aujourd'hui une caisse pleine. J'attendais que

Thomas, sur sa lancée, m'aide à fouiller dans cet amoncellement de livres, mais son portable a sonné à ce moment-là, et il s'est éloigné pour converser plus à son aise. Heureusement, le vendeur me connaît bien. C'est donc lui qui m'a dégoté sans peine le livre que je cherchais.

Heureux de ma trouvaille, j'ai eu envie de la fêter. J'ai proposé à Thomas d'aller boire un verre, mais il a préféré rentrer. Une fois à la maison, il s'est vautré sur le canapé, devant la télévision, portable à portée de main. Une façon de me dire « Fiche-moi la paix, s'il te plaît. »

Il grandit. Je vieillis.

Trêve de fioritures.

Le simple fait de te parler de mon fils, de te livrer une tranche de vie avec lui, si infime soit-elle, me donne la nausée. Alors, avec ta permission, je l'abandonnerai.

Tu as sans doute déjà deviné le titre de ce fameux livre dont la recherche me préoccupait tant, n'est-ce pas ?

Meurtres sur comptines. Un best-seller : deux millions d'exemplaires en France, des traductions dans le monde entier. Un serial killer qui tue des enfants. La police le traque en vain. Il ne laisse aucune empreinte, aucune trace. Ses victimes semblent s'être endormies, on ne sait pas comment il parvient à les tuer. Il avoue sa technique à la fin de l'intrigue, quand il se livre lui-même à la police : forte pression sur la cage thoracique. Comme Jeanne Weber. Comme *l'étrange visiteuse* de tes nouvelles. Comme *toi*.

Tu l'as lu bien sûr. Et tu t'en es inspirée.

N'appelle-t-on pas cela du plagiat, chère Agathe ? Chère écrivain ratée, obligée de vivre ce qu'elle veut écrire, tant l'inspiration et l'imagination lui font défaut.

COMMISSAIRE JOFFRE À AGATHE

Le 6 décembre

Silence radio.

Mon dernier courrier est resté lettre morte.

Qu'est-ce qui se passe ? Je suis puni, c'est ça ? Mon journal n'était pas écrit comme tu le voulais et je suis privé de dessert ?

J'en ai plus qu'assez de tes sautes d'humeur, Agathe !

Cela dit, si jamais je t'ai blessée en t'accusant de plagiat, ce que tu t'apprêtes à lire va te réconforter. Je te présente mes plus humbles excuses. Car je m'étais trompé.

• *Dimanche 3 décembre*

Thomas a écourté son week-end. Il m'a demandé l'autorisation de rentrer chez sa mère en fin de matinée au lieu d'attendre le début de la soirée, comme d'habitude. Je me suis efforcé de ne pas me vexer en me persuadant qu'il avait hâte de réintégrer son nouveau studio et de revoir sa voisine – quelque chose me dit qu'il y a un embryon d'histoire d'amour dans l'air. J'aurais pourtant préféré le garder un peu plus longtemps auprès de moi. Mais à quoi bon le forcer s'il n'en a pas envie ?

Il a passé la soirée de samedi accroché à son portable. Ce maudit appareil est devenu une prothèse, une troisième oreille ! Sans l'espionner ouvertement, j'ai pu vérifier qu'il se montrait beaucoup plus bavard avec d'autres interlocuteurs que moi. Nous avons tout de même dîné ensemble. J'avais fait livrer des pizzas (plus jeune, il adorait ça et ses goûts n'ont guère changé de ce point de vue). Nous avons dîné en silence. J'étais absorbé par mes pensées (occupées par toi) et lui, par les siennes. Cependant il y avait avec nous la présence sonore de Bob Dylan dont Thomas avait mis un CD, volume à fond. Je n'en étais pas incommodé, loin de là. J'aime beaucoup Dylan, il a bercé ma jeunesse et je n'ai donc pas eu à jouer les vieux chnoques en demandant à mon fils d'« arrêter ce tintamarre » (comme je le faisais lorsqu'il écoutait Les Black Eyed Peas, l'année dernière).

Tout ça pour en venir au fait que, étant libre dimanche, je suis allé rendre visite à Joe Jones, l'auteur de *Meurtres sur comptines*.

Il était seize heures environ lorsque j'ai eu cette idée. J'en avais assez de déambuler dans l'appartement vide, de regarder la pagaille que Thomas avait eu le temps de mettre dans sa chambre – et que je n'aurais pas le courage de ranger. Cette chambre qui resterait vide toute la semaine et plus encore, probablement. Il fallait absolument que je me rende utile, au lieu de me laisser aller à la dépression du père célibataire.

Sans compter que tu occupes mon esprit jour et nuit, chère Agathe, y compris les week-ends et jours fériés. (Tu ne m'accordes pas le bénéfice des trente-cinq heures.)

J'ai donc décroché mon téléphone afin de solliciter un rendez-vous avec l'écrivain à succès. Je ne l'ai pas eu tout de suite au bout du fil. C'est une femme qui m'a répondu (avec une jolie voix d'ailleurs), une secrétaire peut-être, quoique… un dimanche. Bref, j'ai été très surpris de l'amabilité avec laquelle on m'a affirmé qu'on me le passait avec plaisir. Et encore plus surpris lorsque Mister Jones en personne, sans paraître choqué d'être dérangé un dimanche par un inconnu, m'a accordé un rendez-vous, chez lui, le jour même à dix-huit heures.

Quelques rapides recherches sur Internet m'ont appris que Joe Jones se nomme en réalité Albert Courtebœuf. Première petite déception. Mais il faut reconnaître que le pseudonyme était indispensable : quand on écrit des polars à succès, Courtebœuf, franchement, ça ne sonne pas très bien. Ce détail n'a pourtant pas entamé mon admiration. J'ai dévoré son livre lorsqu'il est paru, je ne pouvais pas le lâcher. Son héros, cette espèce de fou illuminé, complètement déjanté, qui parvenait à attirer ses victimes par une douceur et un magnétisme redoutables, m'avait donné la chair de poule. Quant au style, rien à dire. Fabuleux. Riche, dense. Ce n'étaient pas des phrases qu'il maniait, c'étaient des coups de pinceau, tant ses descriptions étaient vivantes et précises.

Aussi... Quelle terrible désillusion en découvrant le visage du créateur d'une telle œuvre !

Je n'en suis pas encore remis. Car en ce qui le concerne – et en cela, Agathe, il se démarque de toi – il y a un fossé entre « auteur » et « narrateur ».

• *18 heures tapantes*

Chantilly. Banlieue chic. Je sonne à la grille d'une imposante propriété. L'œil d'une caméra vidéo m'espionne, prend le temps de me détailler tandis qu'une voix me demande, via un interphone, de décliner mon identité.

La grille s'ouvre automatiquement, me livrant passage sur une large allée tapissée d'un gravier dont le blanc est si éclatant qu'on le croirait lavé tous les jours – et autrement qu'à l'eau de pluie. De part et d'autre, plusieurs tapis de pelouse d'un vert émeraude s'étendent à perte de vue, parsemés de buissons et bosquets de fleurs qui, s'ils sont en sommeil pour l'instant, laissent présager de leur magnificence à la belle saison. Dans ce décor de rêve, décembre aurait presque un faux air d'avril.

Je suis impressionné, je l'avoue. Cependant j'imaginais Jones vivant plutôt quelque part entre Belleville et Ménilmontant, au sixième étage d'un vieil immeuble parisien, dans un appart un peu bohème.

Mais décidément, je suis victime des clichés.

Après avoir traversé le parc, j'arrive devant la porte d'une vaste et belle demeure en pierre de taille. C'est une sorte de... comment l'appeler... gouvernante, ou majordome au féminin, qui m'accueille. La cinquantaine passée depuis fort longtemps, visage maussade, chignon gris serré, du poil au menton, elle est tout de noir vêtue, exception faite d'un tablier blanc. Je ne reconnais pas sa voix comme étant celle qui m'a répondu au téléphone dans l'après-midi et je suis rassuré de supposer qu'ainsi, ce cerbère n'est pas la seule compagnie féminine de Jones.

Elle m'introduit dans le bureau du maître, non sans un regard appuyé sur mes chaussures qu'elle juge coupables de rayer un parquet aussi brillant qu'un miroir, probablement briqué par ses soins ou par les domestiques qu'elle dirige. Avant d'entrer dans le bureau, je jette un œil autour de moi. Je m'attendais à une villa « super-design », je pensais découvrir un intérieur décoré par un artiste de talent. Pas du tout. Moulures dorées au plafond, accumulation de bibelots et statuettes de toutes sortes, meubles vieillots, tapis qui n'ont de persan que le nom. Aucun goût.

Et je ne suis pas encore au bout de mes surprises.

Jones a un physique fort ingrat qui correspond à son vrai nom. Il n'a pas la soixantaine élégante. Court sur pattes et bedonnant, il est vêtu d'un costume gris trois pièces : pantalon, gilet, veste – celle-ci étant remplacée en ce dimanche par une sorte de robe de chambre courte en velours côtelé. Rasé de près, ses cheveux sont gominés comme on le faisait au XIXe siècle, ses yeux se cachent derrière de petites lunettes rondes aux verres épais comme des loupes et il porte une très fine moustache qui n'est pas sans rappeler celle d'un personnage qui a tristement marqué l'Histoire et dont le nom commence justement par un H. Enfin, coup de grâce, un regard discret sur ses pieds m'apprend qu'il est adepte des charentaises – comme la vieille dame du fumoir.

Je suis ainsi débarrassé des clichés concernant les auteurs de polar, moi qui le voyais portant les cheveux longs, clope au bec, et pourquoi pas accro à la cocaïne pour parer à l'angoisse de la page blanche.

Il m'accueille avec un sourire convivial et m'invite à prendre place en face du bureau où il est installé, tandis que le yorkshire posté sur ses genoux s'égosille, lançant des jappements suraigus qui me collent un début de migraine.

L'imagination joue bien des tours.

Parenthèse. Je continue à esquisser ton portrait-robot, toi, l'auteure de polars, doublée d'une criminelle. Mais je crains d'être à nouveau victime des lieux communs et de me fourvoyer. Si tu me donnais un nouvel indice concernant ton physique ? Dis, je l'ai bien mérité, non ?

Il est dix-huit heures passées à présent, un whisky me ferait le plus grand bien pour me remettre de mes émotions, or le Maître de l'Angoisse me propose une tasse de thé au caramel. Je décline. Ça risquerait de me retourner l'estomac. Et que dirait la gouvernante si j'allais dégobiller sur son beau parquet brillantissime ?

– Commissaire ! attaque Albert. (Impossible à présent de l'appeler Joe.) Recevoir un enquêteur tel que vous, pour un auteur de romans policiers, c'est un honneur ! Cependant, je me doute que vous ne me rendez pas une simple visite de courtoisie. Je ne sais en quoi je puis vous être utile, mais je vous écoute.

Il se débarrasse enfin de son horrible cabot – qui en profite pour venir renifler mes semelles, ce qui m'exaspère – et s'accoude à son gigantesque bureau, un faux Louis XV, sur lequel sont posés pêle-mêle des revues d'art, le catalogue de la dernière exposition à Beaubourg et des piles de livres dont je consulte machinalement les tranches, sans reconnaître un seul de mes auteurs préférés. Tout ouïe, Albert prend la pose « spéciale interview ».

– J'aimerais vous parler de *Meurtres sur comptines*.

– Tout le monde me parle de *Meurtres sur comptines* ! soupire-t-il, déçu. J'espère qu'on me parlera autant du prochain roman !

Le regard d'Albert dérive tristement et se perd au fond de sa tasse de thé au caramel. Y aurait-il de la page blanche dans l'air ?

– J'aimerais évoquer votre livre d'un point de vue très particulier, précisé-je. Je travaille actuellement sur une affaire et je suppose qu'un de vos lecteurs s'est inspiré de votre roman pour commettre des meurtres.

Il écarquille les yeux et sa petite moustache frétille.

– Comment ça ? s'étonne-t-il.

– Mon hypothèse est pour l'instant très fragile, mais peut-être pourrez-vous me dire deux ou trois choses qui me mettront sur une piste sérieuse.

– Si cela m'est possible, volontiers ! Je serais honoré d'apporter ma contribution à votre enquête.

– J'aimerais dans un premier temps savoir si vous avez reçu du courrier lorsque votre livre est paru. Et si tel est le cas, y aurait-il une lettre qui se serait distinguée des autres ? Qui aurait laissé supposer que son auteur était, disons, fragile d'un point de vue psychologique ?

Albert lève les yeux au ciel et m'adresse un sourire un peu narquois.

– Du courrier ? Bien sûr que j'en ai reçu ! Et il était tellement abondant que très vite, j'ai décidé de ne plus ouvrir une seule lettre, sous peine d'y passer toutes mes journées. C'est l'assistante de mon attachée de presse qui s'en est chargée. Si vous voulez, vous pouvez la contacter de ma part.

Il ouvre un tiroir d'où il sort une carte de visite qu'il me donne.

– Merci, je ne manquerai pas de l'appeler, mais peut-être pourriez-vous me dire dès maintenant si elle vous a fait part d'une lettre en particulier qui l'aurait surprise ou choquée ?

– Non, a priori, non, je ne vois pas.

À mon tour de soupirer et de loucher sur la théière en invoquant quelque puissance magique capable de la transformer en une bouteille de bourbon. Une première piste m'échappe. L'idée de mobiliser une partie de mes hommes à la lecture du courrier adressé à Jones – si toutefois l'attachée de presse l'a conservé – ne m'enchante guère.

Il me faut trouver autre chose.

– Racontez-moi un peu l'histoire du manuscrit de *Meurtres sur comptines*, avant qu'il ne soit publié. L'avez-vous adressé à plusieurs éditeurs ou bien a-t-il été accepté dès le premier envoi ?

Albert se fait songeur. Il marque un temps avant de me répondre, boit une longue gorgée de thé et allume sa pipe. Tabac Amsterdamer. Double odeur de caramel, moi qui en ai horreur !

– Vous me demandez ça, toujours rapport à votre enquête, n'est-ce pas ? Vous supposez qu'un lecteur aurait pu en garder une copie pour s'en inspirer ?

– Exactement.

Nouveau soupir, nouveau temps de réflexion, un peu plus long que le précédent.

– Si je vous réponds franchement, et je dois le faire, vu le but que vous poursuivez, oui, j'ai envoyé mon texte à plusieurs éditeurs et non, il n'a pas été accepté tout de suite. Loin de là. Parce que la première version de mon manuscrit était tout simplement très mauvaise. Ce n'était pourtant pas faute d'y avoir beaucoup travaillé. Mais je dois confesser que je n'ai pas la plume facile. Le texte a été ainsi refusé par plusieurs maisons d'édition. J'ai reçu maintes lettres types, du genre : « Nous vous remercions de nous avoir confié votre manuscrit. Bien que nous en ayons apprécié les qualités, il n'entre pas dans le cadre de notre programme éditorial. » Demande de chèque pour le renvoi de la copie, entre parenthèses, souvent supérieur au montant de l'envoi, je vous fais grâce des détails… Puis, un jour, j'ai enfin reçu une réponse personnelle et manuscrite. Une lectrice des Éditions Fouchet m'a renvoyé mon manuscrit entièrement annoté en me faisant une suggestion : l'assassin ne devait tuer que par simple pression sur la cage thoracique. Une idée très originale qui permettait de développer un climat d'angoisse et de mystère, qui bouleversait le déroulement de l'histoire tel que je l'avais conçu au début. Fabuleux ! J'ai suivi les indications qu'elle me donnait au fil des pages et ça a marché !

Après cette confidence qu'Albert me prie avec instance de garder pour moi, il me propose de jeter un œil sur le fameux manuscrit annoté, ainsi que sur la lettre qui l'accompagnait à l'époque. J'accepte, bien évidemment. J'ai enfin le sentiment de tenir quelque chose et ce n'est pas un œil que je veux poser sur ce précieux courrier, mais les deux, je regrette même de ne pas en avoir davantage, car une idée est en train de germer dans mon esprit en ébullition.

Nous y reviendrons plus tard, chère Agathe. Je ne veux pas ouvrir une nouvelle parenthèse.

Tandis qu'Albert fouille dans un meuble à roulettes contenant moult dossiers – des manuscrits en souffrance ? – mon cœur bat la chamade. Il met enfin la main sur une grande enveloppe kraft qu'il pose sur le bureau, devant moi.

– Est-ce que vous me feriez une faveur ? demandé-je.

– Laquelle ?

– Me confier cette enveloppe pour que je puisse en examiner le contenu à tête reposée, chez moi. Je vous la renverrai par coursier dès demain matin, je vous le promets.

Albert fait la grimace. Il hésite un long moment, consulte du regard son chien qui, je ne sais pourquoi, alors qu'il piquait un roupillon, croit bon de se réveiller et d'aboyer après moi comme si j'étais en train d'agresser son maître. Puis, enfin :

– Soit, concède-t-il. Si toutefois vous ne la faites pas circuler en d'autres mains... Vous savez, ajoute-t-il sur un ton nostalgique, parfois, j'aimerais bien recontacter cette jeune personne. C'était une véritable professionnelle, elle savait travailler.

Tandis qu'il demeure rêveur, je prends possession de mon trésor tout en cherchant la meilleure façon de mettre un terme à notre entretien et de filer. J'opte finalement – à contrecœur – pour l'idée de lui faire dédicacer l'exemplaire de son livre que j'ai acheté la veille sur les quais. Il se prête au jeu avec enthousiasme, puis me raccompagne jusqu'à la grille de son magnifique parc.

– Dites, commissaire, ajoute-t-il tandis que je lui tends la main, pressé de m'esquiver, vous ne pourriez pas me donner certains détails sur votre enquête, des photos, des comptes rendus d'interrogatoires, des résultats d'analyses ? Cela me serait fort utile, j'ai un nouveau roman en chantier et je manque cruellement de documentation.

Il semble manquer tout aussi cruellement d'inspiration.

– C'est que... Vous savez, une enquête doit rester strictement confidentielle. D'ailleurs, une fois un présumé coupable arrêté, et je n'en suis malheureusement pas encore là, je ne suis censé révéler certains aspects de l'affaire qu'après le procès.

– Je comprends, mais... J'ai moi aussi enfreint mes règles de confidentialité aujourd'hui pour vous rendre service, alors...

C'est du chantage ! Comment me sortir de cette impasse ? Il m'agace, le Bébert, il m'agace, avec sa bedaine et sa moustache à la Hitler !

Comment se fait-il que personne n'ait encore eu l'idée de la lui raser ?!!!

Fort heureusement, une jeune femme arrive à ce moment-là et me tire d'affaire. Maquillée juste comme il faut, parfumée, élégante, elle est vraiment jolie et je me dis soudain que le Bébert cache bien son jeu, qu'il doit avoir une aventure avec elle – la rançon du succès. J'en conçois presque une pointe de jalousie. Mais la belle jeune femme le salue d'un respectueux « Bonsoir, papa ! ». Et je reconnais aussitôt la charmante voix qui m'a répondu au téléphone dans l'après-midi. Même pas capable de draguer, le Bébert ! Il est décidément trop loin de ce que j'imaginais, il me porte sur les nerfs, je n'ai aucune envie de le revoir, encore moins de lui rendre service. Je crois que je n'arriverai même plus à le lire désormais.

Je balbutie un vague : « Je vais voir ce que je peux faire » et prends la poudre d'escampette.

• *Dimanche. 3 heures du matin (donc lundi)*

Impossible de dormir. Je lis et relis le manuscrit que m'a confié Jones. Surtout les annotations en marge. Je vais peut-être trop vite en besogne, mais c'est toi tout craché, ça, ma chère, très chère Agathe. La lectrice suggère à l'écrivain une abondance de détails sur le quotidien de son personnage, sur ses pensées, ses proches. Exactement comme tu le fais avec moi.

Je tiens enfin une piste que je vais exploiter à fond, crois-le bien. En outre, je suis peut-être en possession d'un échantillon de ton écriture manuscrite. Beaucoup plus intime que la frappe de ton ordinateur. J'en suis presque ému.

Si mon postulat s'avère exact, l'idée clé de *Meurtres sur comptines* émanerait de toi ? Tu serais ainsi à l'origine de ce best-seller ? Je réitère mes excuses pour l'accusation de plagiat. Jones a reconnu en toi une vraie professionnelle, il a envie de travailler à nouveau avec toi. Pourquoi ne pas l'aider puisqu'il est en panne d'inspiration ? Ça te permettrait d'occuper ton esprit à autre chose qu'à préméditer des meurtres.

• *5 heures du matin*

L'insomnie sévit toujours. Par ta faute.

Quelque chose cloche : l'écriture, sur les notes en marge du manuscrit et la lettre d'accompagnement. Régulière, fine, elle correspond davantage au profil d'une jeune fille équilibrée. Pas à celui d'une malade.

Je vais bien sûr soumettre la lettre à une étude graphologique. Mais je n'en attends pas grand-chose. Que va-t-on me révéler ? Ton caractère ? Ta personnalité ? Tes travers ? Tes troubles psychiques ? Je les connais déjà. En tout cas, je persiste à croire que cette écriture soignée n'est pas celle d'une meurtrière.

Arrête tes conneries, Agathe. Arrête de délirer.

• *6 heures*

Il est temps de prendre une douche et d'avaler une bonne dose de caféine. La journée va être longue et fort occupée.

Je suis persuadé que tu n'as pas agi par hasard. Ton pseudo-recueil de nouvelles n'est qu'un prétexte. Il y a un lien entre la vieille dame de Palaiseau et Nelly Barnes. Je suis sur le point de l'établir. Aujourd'hui même.

Au fait, j'ai revu plusieurs fois déjà la vieille dame aux charentaises. Elle a décidément beaucoup de mémoire. À suivre.

AGATHE AU COMMISSAIRE JOFFRE

Le 7 décembre

Cher Nathan,

Joe Jones, un écrivain ? Laisse-moi rire ! Son succès a été fabriqué par le service marketing. Tu as effectivement frôlé le pire en m'accusant de plagiat. J'étais décidée à interrompre notre correspondance. Ta lettre m'avait piquée au vif. (Tu sais appuyer là où ça fait mal, n'est-ce pas ? Même si c'est parfois difficile à supporter, je vois là le signe d'une relation… oserais-je dire « amoureuse », des plus authentiques.)

À présent que tu reconnais mes qualités professionnelles, je peux reprendre la plume. Oui, c'est moi qui ai aidé Jones à accoucher de son livre, et je n'en suis pas peu fière. C'est d'ailleurs pour cela qu'il était légitime de sa part de le signer d'un pseudonyme. Moi, je publierai sous mon vrai nom, lorsque le moment viendra.

Et ce nom n'est pas celui que te donnera Romain Prêles, directeur des Éditions Fouchet, chez qui j'ai travaillé comme lectrice. Félicitations, Nathan, la piste est bonne ! (Tu vois avec quelle sincérité je guide ton enquête. Ne t'avais-je pas promis une aide précieuse ?) Tu projettes sûrement un rendez-vous avec Prêles, n'est-ce pas ? Malheureusement, je doute qu'il te fasse progresser. Enfin, tiens-moi tout de même au courant.

Tu réclames un indice pour compléter mon portrait-robot. Quelle horrible expression « portrait-robot » ! Crois-le, cher Nathan, j'aimerais faire un saut dans les siècles passés – les coutumes et traditions étaient tellement plus nobles alors – pour t'envoyer mon portrait, comme le faisaient les femmes de la cour. Une effigie enfermée dans un bijou, un médaillon, un camée. J'aimerais tant que tes nuits d'insomnie, tu les passes à contempler mon portrait. Ce serait si romantique !

Malheureusement c'est impossible, pour les raisons que tu sais. Patience, mon cher Nathan, un jour, bientôt, je me présenterai à toi en chair et en os.

En attendant, il faudra te contenter de ce que te dira Prêles. Tout en sachant que j'ai dans mon sac une impressionnante collection de cartes d'identité présentant des photos très variées. J'use et abuse de perruques, lentilles de contact, maquillage et accessoires divers pour transformer mon visage. Je suis un *caméléon*. Comme l'écrivain, le vrai, qui sait se fondre dans ses personnages.

J'ai apprécié la lecture des dernières pages de ton journal. Continue sur cette voie, c'est exactement ce que je voulais. À tel point que j'ai envie de mettre un peu la main à ce que tu as écrit.

De compléter surtout le portrait de Thomas que tu as simplement ébauché.

Cheveux blond vénitien, tirant sur le roux, tantôt coupés très court, presque rasés, tantôt avec un peu plus de longueur sur le devant, afin de sacrifier à la mode en sculptant une mèche avec du gel. Yeux noisette, ombrés de longs cils noirs, des joues encore assez rondes qui commencent à s'affiner. Comme le reste de la silhouette. Le blond, il l'a hérité de sa mère, la taille, qui s'annonce haute, de son père. L'intelligence aussi est un héritage paternel. Mais de ce point de vue, je ne suis peut-être pas objective. J'en veux beaucoup à Mme ex-Joffre. Comment a-t-elle pu te quitter pour un vulgaire banquier ?

Les résultats scolaires de Thomas sont en baisse, se plaint-elle. Mais il ne faut pas s'arrêter à cela ! Son intelligence n'est pas scolaire. Il lit beaucoup – même s'il a quelque peu levé le pied ces temps-ci. Il s'intéresse à la musique. (Bob Dylan, je ne connais pas très bien, mais rien à voir avec ces horribles rapeurs !) Quelle dextérité lorsqu'il joue de la guitare, c'est impressionnant ! Tu devrais être fier de lui. Il passe des heures à travailler ses partitions. Il est curieux, vif, il a su profiter des enseignements de son père pendant son enfance, cette connivence que vous partagiez tous les deux.

Ne sois pas trop dur avec lui, Nathan. Tu le dis à juste titre : il entre dans l'adolescence et durant cette période, les parents ne sont pas des interlocuteurs privilégiés. Les jeunes préfèrent s'ouvrir à des étrangers dans ces moments-là.

Il t'aime, n'en doute pas. Il a beaucoup souffert de la séparation imposée par sa mère. Il n'est pas impossible que dans quelque temps, il demande à vivre avec toi.

Parfois, je me prends à rêver.

Je sais les marques que t'a laissées le divorce. Je partage ta douleur. C'est dur, la solitude, n'est-ce pas ? Moi, c'est mon lot, depuis toujours. Je n'ai jamais connu la vie de couple, il n'empêche que j'ai assez d'imagination – contrairement à ce que tu affirmes – pour deviner la terrible impression de vide qu'on doit éprouver lorsqu'on déambule dans un appartement silencieux qui, autrefois, résonnait des multiples bruits de la vie de famille. Au moins, j'ai la consolation de savoir que durant tes insomnies, tes pensées vont à moi, que peu à peu, je prends la place de Mme ex-Joffre.

Parfois, je rêve, disais-je, à l'impossible. Je t'aime, Nathan, j'aime beaucoup Thomas, et j'aimerais être, sinon une seconde mère pour lui, au moins une sorte de grande sœur.

Toute à toi
Agathe

COMMISSAIRE JOFFRE À AGATHE

Le 13 décembre

Je t'interdis d'évoquer Thomas. Je t'interdis de prononcer ou d'écrire son nom. Je ne t'ai parlé de lui que sous la contrainte, cédant à ton chantage, dans le seul but d'éviter que la morgue ait un nouveau client.

Tu en es encore à piquer çà et là, dans des articles à deux sous, des informations sur ma vie privée. Ou alors, non… Tes propos sonnent tellement juste que je me demande tout à coup si…

Tu nous as suivis le week-end dernier, moi et mon fils ? Tu *me* suis. O.K. Ça me va. Viens ! Je t'ouvre ma porte quand tu veux. Matérialise-toi enfin pendant mes nuits d'insomnie.

Revenons à l'enquête.

J'ai mis le doigt sur le mobile du meurtre de Nelly Barnes. Important, capital, de connaître le mobile d'un meurtre. En l'occurrence, il ne s'agissait de rien d'autre que d'une basse vengeance de ta part. Je m'explique.

• *11 décembre, 9 heures*

Sixième étage d'un immeuble bourgeois du boulevard Saint-Germain : le domicile de Nelly. Un studio sans doute coquet à l'origine, mais qui porte les marques du tempérament de son ex-occupante. Un désordre inouï. Du linge sale – culottes, soutiens-gorge et collants – trace un chemin entre le lit défait et la salle de bains. De multiples vêtements, jupes, pantalons et pulls sont entassés sur le dossier d'une chaise. Trop nombreux, la plupart se sont échoués au sol. De la vaisselle sale encombre l'évier. Une planche en bois montée sur deux tréteaux fait office de bureau. Des bijoux de pacotille et des CD y sont jetés pêle-mêle parmi des coupures de journaux. On y voit deux ou trois petites annonces entourées au rouge, Nelly devait être à la recherche d'un job. Le courrier s'amoncelle, des factures dont les enveloppes ne sont pas ouvertes. Dans ce décor qui traduit bien le profil de Nelly, jeune fille en marge de la société, à la personnalité « borderline », comme disent les psychiatres branchés, je remarque un élément discordant.

Des livres. Beaucoup de livres. Flambant neufs, ils n'ont jamais été ouverts, encore moins lus. Tous sont publiés par les Éditions Fouchet. Or il est évident que Nelly, tantôt ouvreuse dans un cinéma, tantôt caissière dans le supermarché d'une galerie commerciale de banlieue, Nelly qui aime passer ses nuits en boîte, n'est pas une lectrice chevronnée. Pourquoi donc se tiendrait-elle au courant des dernières parutions des Éditions Fouchet ?

Parce que ces livres lui ont été offerts.

Par qui ?

Il va falloir que je trouve seul la réponse à cette question, j'ai beau déambuler dans cette chambre qui semble – en vain – attendre le retour de sa locataire, les murs ne me répondront pas. Ah ! Les murs, de sacrés témoins ! On dit que les murs ont des oreilles, mais s'ils pouvaient parler…

Comment sont les tiens, Agathe ? Est-ce que tu habites aussi dans une chambre de bonne où, seule, tu ressasses tes pensées revanchardes ? Écoutes-tu, dans ta désespérante solitude, les bruits de tes voisins, leurs disputes, leurs ébats amoureux, tout ce que tu ne connais pas ? Tout ce que tu ne connaîtras jamais ?

Sous la paperasserie, je déniche un répondeur. Un voyant vert clignote, indiquant la présence de messages.

Allez, Nelly, c'est le moment de me dire qui tu fréquentais !

Premier message. « Salut, Nel, c'est Mike. Si t'en veux, on peut se retrouver comme d'hab samedi soir ! À plus ! »

Oh ! Mike, tu as été trop bref. Tu voulais proposer de la drogue à Nelly, ça, ce n'est plus un secret pour personne, mais tu aurais pu penser à moi, pauvre enquêteur qui ne fais pas partie de la brigade des stups et m'en dire un peu plus sur ton mystérieux « comme d'hab ».

Deuxième message. « Hé Nel, t'as raccroché ou quoi ? Pourquoi t'es pas venue samedi ? Pourquoi tu me rappelles pas ? »

Encore Mike. Ben oui, elle a raccroché, Nelly. Elle ne touchera plus désormais à la drogue. Ce n'aurait pas été une mauvaise chose si elle l'avait fait de son plein gré. Sans qu'une cinglée l'assassine, l'obligeant à raccrocher définitivement, et pas seulement la dope. Encore une fois Mike, t'aurais pu penser à moi et laisser tes coordonnées sur ce répondeur.

Troisième message. « Mademoiselle Barnes, madame Litur à l'appareil. Cela fait plus d'une semaine que vous ne jugez pas utile de vous présenter à votre poste. Vous êtes renvoyée ! »

Très sèche, la mère Litur. D'ailleurs, celle-là, je la connais, c'est la directrice du Champion de la porte des Lilas où Nelly travaillait. Elle ne m'a rien appris d'intéressant. Va te faire voir !

Ce n'est pas toi qui la vires, la petite Nelly, c'est elle qui a démissionné.

Quatrième message. « Allô Nelly, c'est moi. Je ne comprends pas, je n'arrive pas à te joindre, ton portable est toujours sur messagerie. Je suis passé hier soir, j'ai attendu plus de deux heures et personne. La concierge m'a dit qu'elle ne t'avait pas vue, elle non plus. Pourquoi ce silence ? Rappelle-moi, s'il te plaît !... Au bureau bien sûr, comme d'habitude. »

C'est une voix d'homme. Le ton est assez doux. Là, ça commence à m'intéresser sérieusement. Plusieurs autres messages suivent, traduisant une inquiétude de plus en plus perceptible. Il y a de quoi, quand on sait ce qui s'est passé...

N'est-ce pas, chère Agathe ?

« Allô, c'est moi » est la formule classique d'un être très proche, un amant, un mari, un concubin. Là, il s'agissait d'un amant. Un amant qui paie le loyer (dixit la concierge), qui a les clefs du studio, mais qui demande qu'on le rappelle au bureau. Autrement dit, un homme marié qui veut garder secrète sa liaison avec une jeune femme. Une liaison probablement tumultueuse, vu la personnalité de Nelly. Ma curiosité est aussitôt piquée au vif. Quel peut bien être le profil de cet amant ?

• *12 décembre, 11 heures*

Cimetière de Maisons-Alfort. Une pluie battante. Un vent glacial. Nelly a beaucoup déménagé ces temps-ci. Cette fois, c'est la dernière. Quelqu'un a encore payé le loyer – probablement le « moi » du répondeur. Un loyer fixe, pour l'éternité.

Quelques amis de Nelly, des jeunes de son âge, sont présents. Il n'y a pas foule. Le Mike qui la fournissait en drogue le samedi soir est peut-être ce jeune homme, là, sur qui je pose les yeux sans qu'il s'en rende compte. Il est vêtu d'un tee-shirt noir barré d'une inscription en lettres blanches disant « FBI ». (La mode joue de drôles de tours !) Une femme se trouve dans l'assistance. Nettement plus âgée que les autres, je suppose qu'il s'agit d'une des mères d'accueil de Nelly. Elle n'a pas revu la jeune fille depuis son adolescence et ne m'intéresse donc pas. D'autant que ses yeux restent secs, elle est venue pour la forme.

En revanche, une silhouette se tenant à l'écart attire mon attention. Il s'agit d'un homme. La quarantaine environ, il a assez belle allure, porte bien son costume de deuil. Derrière ses lunettes noires, je devine des larmes qui coulent en abondance. C'est mon homme, le « moi » du message sur le répondeur. Je n'imaginais pas ainsi l'amant de Nelly, mais décidément, le vieil adage « Qui se ressemble s'assemble » ne trouve que peu d'écho dans la réalité.

J'observe les alentours du cimetière avec une extrême attention. Parce que je me dis tout à coup qu'il n'est pas impossible que tu sois là.

Tu me suis, n'est-ce pas ? Alors, si tu avais poussé le vice jusqu'à assister aux funérailles d'une de tes victimes ? Ça s'est déjà vu.

Mais non, tu n'es pas là. Ou du moins je suis dans l'incapacité de te reconnaître.

Pas d'office religieux. L'enterrement est vite expédié. On met Nelly sous terre et chacun retourne vaquer à ses occupations.

Je me tiens toujours à distance. J'attends que le petit groupe se disperse. Je respecte le chagrin de mon homme qui, se croyant seul, se recueille un moment sur la tombe toute fraîche. Lorsqu'il se décide à quitter le cimetière, je m'approche de lui :

– Monsieur Prêles ?

Eh oui ! Il s'agit du directeur des Éditions Fouchet chez qui tu as travaillé comme lectrice. Chère Agathe, grâce à toi, je fais d'une pierre deux coups, je gagne du temps. Les livres chez Nelly m'avaient déjà mis la puce à l'oreille, maintenant je suis sûr de son identité. Prêles et Nelly ne se ressemblaient guère tous les deux, deux univers totalement opposés entre lesquels Prêles essayait de tendre une passerelle grâce aux livres. Il voulait lui donner le goût de la lecture, à la petite Nelly, la tirer un peu vers le haut.

Il sursaute en m'entendant l'appeler par son nom, lui qui pensait passer incognito, et me répond d'un signe affirmatif de la tête.

– Commissaire Joffre.

– Oui, bien sûr. Je me doutais qu'à un moment ou un autre, vous viendriez me voir.

– J'ai quelques questions à vous poser. Soit vous me suivez au commissariat, soit nous allons à votre bureau.

Ni l'un ni l'autre. Il opte pour un café, en face du cimetière. La discrétion est de rigueur. Pour ma part, je n'y vois pas d'inconvénient. Nous nous installons donc devant deux noirs très serrés.

J'évite les préliminaires.

– Vous souvenez-vous d'une lectrice qui a travaillé chez vous et qui aurait eu entre les mains le manuscrit de *Meurtres sur comptines* ?

Il paraît surpris par ma question qui pour l'instant évite le sujet « Nelly ». Mais je ne tarde pas à ajouter les précisions nécessaires :

– J'ai tout lieu de croire que cette lectrice est l'assassin de mademoiselle Barnes.

Il accuse le coup, réfléchit longuement.

– Le manuscrit de *Meurtres sur comptines* ? répète-t-il. Le manuscrit, oui, je m'en souviens, mais la lectrice qui l'a eu entre les mains, je ne l'ai jamais rencontrée.

Il semble sur le point de me poser à son tour une question. Il a probablement envie de savoir pourquoi cette lectrice s'en serait prise à sa maîtresse, mais il y renonce.

– Je me suis mordu les doigts d'avoir laissé passer ce roman à l'époque, poursuit-il. Quand je pense que notre concurrent a gagné des millions sur ce coup-là.

Son chagrin s'est un peu modéré. Il retrouve vite le ton ferme et froid d'un homme d'affaires. Ah ! L'argent ! Le business !

– Lorsque j'ai su qu'on nous l'avait proposé, reprend-il, j'ai donné un sérieux coup de semonce à ma directrice éditoriale. Je lui ai ordonné de licencier la lectrice qui avait eu le manuscrit en première lecture et qui l'avait d'emblée renvoyé sans juger bon de le soumettre au comité de lecture. Vous pensez donc que ce serait cette personne qui… Mais pourquoi ?

– Vous venez de le dire, monsieur Prêles, vous l'aviez renvoyée !

– Oui, mais enfin tout de même, ça me semble…

Il en perd son latin. Il ne comprend pas. Il faudrait que j'ajoute une précision pour l'éclairer :

Cette lectrice était – est toujours – une folle. Une barge de première.

Je le tire de sa stupeur par un raclement de gorge.

– Vous avez les coordonnées de cette personne ?

– Non, non, je n'ai jamais été en relation avec elle, par contre, voici les coordonnées de ma directrice éditoriale, elle pourra vous renseigner mieux que moi. Je suppose que vous désirez la contacter ? me demande-t-il en me tendant une carte de visite qu'il vient de sortir de sa poche. (Comme Albert/Joe, dimanche.)

Il s'apprête à ajouter autre chose, mais je ne lui en laisse pas le temps. Je n'en ai pas beaucoup, du temps, moi. Je le rassure en lui affirmant que je ne mentionnerai en aucune façon, lorsque je verrai sa collaboratrice, les liens qui l'unissaient à la défunte.

Je règle les deux cafés et file en direction des Éditions Fouchet où, par un appel passé de mon portable, je prie la fameuse directrice éditoriale de se tenir à ma disposition.

Décidément, je n'ai jamais autant fréquenté le milieu de l'édition que pour cette enquête.

✉

• *12 décembre, 18 heures*

Où est-ce que j'en étais ? J'ai eu mille choses à faire, à vérifier, à régler, de nouvelles recherches à lancer.

Ah ! Oui ! La directrice éditoriale.

Elle se souvenait parfaitement de toi, Agathe. Ou plutôt de tes courriers. Car déjà, à l'époque où tu travaillais avec elle, tu aimais dialoguer par correspondance. En deux ans, elle ne t'a jamais vue, jamais eue au téléphone. Mais elle recevait tes lettres, tes comptes rendus de lecture, fort détaillés, fort critiques envers les auteurs que tu jugeais. Et tu en dévorais des manuscrits, m'a-t-elle dit, en un temps record, une vraie boulimique ! Tu étais pour elle une précieuse collaboratrice. Elle a été très contrariée de devoir obéir à son patron et de te licencier. Si Prêles avait su qu'en plus, tu as amélioré par tes suggestions le manuscrit de *Meurtres sur comptines*, il aurait fait une crise cardiaque et se serait ainsi épargné le chagrin lié à la mort de sa maîtresse.

Tu vois, chère Agathe, tes qualités professionnelles sont reconnues.

Tu t'appelais à l'époque Antoinette Duchemin. Tu habitais 5 rue Jean-Pierre Timbaud. Ça commence à se préciser sérieusement, tout ça...

• *21 heures*

Je reviens de la rue Jean-Pierre Timbaud. « Partie sans laisser d'adresse », m'a répondu la concierge qui, en outre, n'était pas celle qui officiait du temps où tu habitais dans l'immeuble.

Cruelle déception.

Chou blanc pour l'instant. Quoique… Pas tout à fait.

• *23 heures*

Je me demande si je dois continuer à t'appeler Agathe, ou bien si tu préfères revenir à Antoinette ? C'est vieillot, Antoinette, non ? Et puis, moi, mine de rien, je me suis habitué à Agathe.

Si on faisait un mélange des deux ? Agatantoinette ? Un peu comme Marie-Antoinette ?

Et si tu finissais décapitée comme elle, dis ?

LE PIÈGE

C'est un vieil immeuble de la rue des Florentins. L'entrée est propre mais modeste, la cage d'escalier sombre et étroite. Une prégnante odeur d'encaustique se mêle à des relents de cuisine. Près du local poubelles se trouve un petit recoin obscur, réservé d'ordinaire au rangement des poussettes. Un homme y est tapi, armé.

L'escalier monte en colimaçon sur six étages desservant chacun deux appartements. Les paliers sont trop exigus pour que des policiers supplémentaires s'y dissimulent. Cependant, au sixième étage, qui offre un accès direct au toit, il y a du renfort. Un groupe d'intervention se tient prêt. Bardé d'armes de poing et d'armes longues, de casques, d'émetteurs-récepteurs, le commando est équipé pour la mission qui débute. Les tireurs d'élite sont postés aux points stratégiques.

Au cinquième étage, la porte de droite est décorée d'une guirlande de houx. Il est vrai que Noël approche, cependant, aujourd'hui, ce n'est pas la visite du père Noël qu'on prépare. On entend derrière la porte les aboiements d'un chien qu'on s'efforce de calmer, non sans mal. Gavroche, le caniche de Marie Bocquet[1] *est horriblement excité. Les visites se sont multipliées ces derniers jours à son domicile, or il n'y est guère habitué. Cet homme, là, qui tapote la main de sa maîtresse, est venu maintes fois déjà pour interroger celle-ci. Que lui veut-il encore ?*

L'homme n'est autre que Nathan Joffre. Le commissaire est actuellement en charge d'une enquête fort délicate, qui lui cause bien du souci et à laquelle il pense, aujourd'hui, mettre un terme avec succès – du moins le croit-il. Il a bon espoir d'arrêter, dans quelques instants, la meurtrière qu'il traque. Autant dire que le moment est crucial pour lui.

La vieille Marie, la bonne Marie, est son seul et unique témoin dans cette affaire. Aussi l'a-t-il choyée, préservée, protégée. Et pour l'heure, il se doit de la rassurer.

– Tout se passera bien, j'en suis certain. Vous n'avez aucune raison d'avoir peur. Je suis avec vous. Un de mes hommes est en faction en bas. Il nous préviendra dès qu'elle sera entrée dans l'immeuble.

1. Alias « la vieille dame aux charentaises », cf. précédente nouvelle *Le Fumoir*.

Joffre s'approche de la fenêtre et vérifie pour la énième fois, dans l'immeuble d'en face, la présence des policiers qui surveillent le quartier.

Mais Marie est très inquiète. Si l'infusion de tilleul, posée près d'elle sur un guéridon, l'aiderait à se calmer, la seule pensée d'y tremper les lèvres lui retourne l'estomac. Elle tremble, son cœur bat la chamade, elle a du mal à respirer. Elle regrette amèrement d'avoir accepté de se prêter à un jeu aussi dangereux.

– Mon Dieu ! soupire-t-elle en se laissant tomber dans un fauteuil. Je n'y arriverai jamais ! C'est au-dessus de mes forces ! Ce n'est plus de mon âge, commissaire !

Joffre s'agenouille près d'elle pour la réconforter à nouveau. Il lui faut déployer des trésors de patience.

– Il est seize heures quinze. Nous avons encore un bon quart d'heure devant nous. Elle vous a bien dit, lorsqu'elle vous a téléphoné, qu'elle serait là à seize heures trente, n'est-ce pas ?

La vieille femme, incapable d'articuler un mot tant sa gorge est nouée, acquiesce.

– Alors il n'y a plus qu'à attendre !

– J'ai oublié ce que je devais faire ! s'écrie soudain Marie d'un ton paniqué. Je la laisse entrer ou je hurle tout de suite ?

Le commissaire masque son agacement avec peine. Cette vieille folle lui porte sur les nerfs, or il a besoin de se concentrer, se préparer, se calmer, lui aussi.

– Il n'y a aucune raison de crier, Marie, absolument aucune ! Elle sonne, vous lui ouvrez la porte, vous la laissez entrer. Elle n'aura pas fait un pas à l'intérieur de l'appartement que j'interviendrai. Je n'aurai aucun mal à maîtriser une femme seule. Et quand bien même elle résisterait, je dispose d'une véritable armée.

– Mais on ne sait jamais ce qui peut se passer ! Si elle me saute dessus ! Si elle m'étrangle avant que vous n'ayez pu faire un geste ?

– C'est im-po-ssi-ble ! répète Joffre en s'efforçant de ne pas crier. Et puis d'abord elle n'étrangle pas, elle étouffe !

Ces dernières paroles lui ont échappé et il prend conscience, à l'instant où elles franchissent le seuil de ses lèvres, qu'elles vont à l'encontre de son but. La malheureuse vieille femme devient aussi pâle qu'un spectre.

– Allez, installez-vous ! suggère le commissaire d'un ton radouci. Que faites-vous d'habitude à cette heure ?

– Je regarde la télé.

– Alors allumez-la !

– Vous savez, commissaire, c'est à cause de votre ressemblance avec mon mari jeune que j'ai accepté votre proposition, mais, mais…

Cette fois, c'est son chien qui l'interrompt. Il ne cesse d'aboyer, de gesticuler, il se frotte le ventre sur le tapis, tantôt gémissant, tantôt lançant des jappements aigus.

– Calmez-le, je vous en prie ! ordonne le commissaire, à deux doigts de flanquer un coup de pied à cette sale bête qui l'horripile encore plus que sa maîtresse. C'est important ! S'il continue à hurler comme ça, il risque de tout foutre en l'air.

– Mais que voulez-vous, commissaire ! Le malheureux flaire le danger ! Il m'a toujours protégée !

La vieille Marie prend néanmoins le caniche dans ses bras et s'installe enfin devant la télévision. Elle embrasse avec tendresse le museau de l'animal, tremblant de fièvre, elle lui caresse le ventre, le serre contre elle et sent son cœur palpiter sous ses doigts à un rythme d'enfer.

– Allons mon amour, mon petit, n'aie pas peur ! Monsieur Nathan est là, nous ne risquons rien. Tu n'as pas à t'inquiéter !

Elle n'est guère convaincue de ce qu'elle affirme, cependant les aboiements du chien diminuent peu à peu. Le caniche ferme les yeux, prêt à s'endormir, là, bien au chaud, dans les bras de sa maîtresse, comme il le fait d'ordinaire.

Le calme est revenu. Enfin. On n'entend plus que la voix enjouée de Julien Lepers présentant Questions pour un champion.

Au-dessus de la cheminée, l'horloge indique seize heures vingt-neuf.

Joffre expire longuement. Il lui reste une minute pour maîtriser ses nerfs, son appréhension. Dans une minute, elle sera là, en chair et en os. Finies les élucubrations sans fin, les hypothèses, les questions sans réponse. Dans une minute, il va savoir qui elle est.

Dans une minute, il la coffre.

De son côté, la vieille dame se concentre tant bien que mal sur l'écran de télévision. Mais elle n'a aujourd'hui aucun plaisir à regarder son émission préférée. Julien Lepers, qu'elle trouve si beau, si charmant en temps normal, ne lui apparaît plus que comme un vulgaire pantin qui s'agite sans qu'elle comprenne une seule de ses paroles. Elle est livide et ne sent plus la chaleur de son pauvre petit chien endormi qui, sur ses genoux, ne bouge pas d'un pouce.

Plaqué au mur, derrière la porte d'entrée, le commissaire est aux aguets. Seize heures trente-trois. Elle est en retard, ce n'est pas normal. Elle aurait dû être ponctuelle, vu son caractère, du moins ce qu'il a pu en deviner. Il laisse passer encore quelques secondes, puis appelle l'homme en faction au rez-de-chaussée. Rien, lui répond celui-ci, personne n'est entré.

Le commissaire se crispe soudain. Un bruit de pas sur le palier. Net. Les pas approchent. En dépit du vacarme que fait la télévision – il a oublié de dire à la vieille Marie de baisser le son – il croit percevoir une sorte de souffle, une respiration. Quelqu'un guette, derrière la porte.

C'est elle.

L'homme, au rez-de-chaussée, ne l'a pas signalée, les autres, là-haut ou dans l'immeuble d'en face n'ont rien remarqué de suspect.

Elle ne peut tout de même pas avoir la faculté de se rendre invisible ! Qui est donc cette femme ? Qui est-elle pour passer ainsi à travers les mailles d'un tel filet ?... L'heure n'est plus aux questions.

D'autant que la sonnette retentit. Joffre tressaille. La pauvre Marie sursaute. Son caniche sous le bras, elle parvient à se lever, malgré la faiblesse de ses jambes qui menacent de lâcher, et se dirige en titubant vers la porte.

Un dernier regard au commissaire. Puis elle ouvre.

Tout va alors très vite, extrêmement vite. Marie pousse un cri strident, Joffre se précipite sur l'intruse, lui passe un bras autour du cou, un autre au niveau de la taille, il la plaque ensuite au sol, tordant ses bras dans son dos et la menotte enfin.

Bien que le danger soit écarté, bien que la suspecte ait été maîtrisée avec une facilité déconcertante, Marie hurle. Hurle sans discontinuer. Ses cris sont hystériques. Alertés par le bruit, les policiers accourent. Il s'ensuit un tohu-bohu sans pareil. Tout le monde crie, tout le monde s'agite. Il s'en faut de peu qu'un coup de feu ne soit tiré. Comme ça, au hasard, dans la panique.

Marie, en larmes, s'écroule au sol à côté de son chien qu'elle a lâché.

Le caniche gît à terre. Raide mort. Ahuris, l'ensemble des hommes contemplent le spectacle qui s'offre à eux.

Le calme revient subitement.

Joffre relâche la femme qu'il a empoignée et l'aide à se remettre debout. Il comprend sa méprise. Sa terrible méprise. La pauvre femme n'est pas du tout celle qu'il croyait. Elle ne porte aucun déguisement, elle a une soixantaine d'années environ et n'est autre que la voisine de palier de Marie. Depuis près de vingt ans. Comme chaque jour à cette heure, elle est venue regarder Julien Lepers en compagnie de Marie.

Sous le regard éberlué de ses hommes qui contiennent avec peine un fou rire nerveux, Joffre balbutie quelques excuses, tente maladroitement d'expliquer la situation. Si jamais la malheureuse succombe à une crise cardiaque après une telle émotion, c'en est fini de sa carrière.

Quant à l'autre, elle ne viendra pas. Non. Elle n'est pas tombée dans le piège qu'il lui a tendu. Au contraire, elle a retourné le piège contre lui, pour le ridiculiser.

Car elle a tout de même fait une nouvelle victime. Gavroche, le caniche de Marie, elle l'a bel et bien tué.

AGATHE AU COMMISSAIRE JOFFRE

Le 21 décembre

Mon cher Nathan,

Un simple galop d'essai, pour te prouver que je peux relater un événement que je n'ai pas vécu directement, ou juste en partie.

Je ne sais pas si cette nouvelle figurera dans le recueil. J'hésite. Je la trouve plutôt réussie, mais le point de vue de narration diffère des deux premières. Or il faut une unité dans un recueil. D'un autre côté, j'aime bien l'idée que le personnage secondaire d'une histoire devienne le héros de la suivante (d'où la note que j'ai ajoutée en bas de page), cela crée une interaction entre les textes qui n'est pas inintéressante. Et tu remarqueras que dans la foulée, toi aussi, tu deviens un personnage principal. (J'ai eu beaucoup de mal à t'appeler Joffre. C'est si froid, si sec, alors que nos relations ont évolué de telle sorte que… que perpétuellement, tandis que j'écrivais, j'avais ce « Nathan » au bord des lèvres. Le seul fait de prononcer ton prénom crée en moi un émoi que je n'ai jamais éprouvé.)

Pardon, mon cher Nathan, pour la note un tantinet ridicule qui se dégage de ton personnage dans l'histoire. Elle n'était pas volontaire, mais engendrée par la situation que je rapportais.

J'ai à présent besoin de ton aval, en tant que professionnel. La description de tes collaborateurs est-elle correcte ? J'y ai travaillé. J'ai fait des recherches sur Internet. J'ai découvert le site du GIGN et du RAID, c'est passionnant de voir comment ces hommes travaillent. Cependant je n'ai pas osé exploiter tous les renseignements que j'avais à ma disposition, car il était présomptueux de ma part de supposer que tu ferais appel à un groupe d'intervention aussi réputé pour mon arrestation.

On verra, lorsque le jour J – le vrai – viendra, la façon dont cette arrestation sera orchestrée.

Tu connais ma manie du détail. Alors, dis-moi, sont-ce bien des « émetteurs-récepteurs » que vous utilisez pour communiquer entre vous dans ce genre de mission ? On ne dit plus « talkies-walkies », n'est-ce pas ? J'allais préciser que ce sont des Motorola, mais je crois qu'il vaut mieux, dans un texte, éviter la publicité pour une marque.

Il n'en reste pas moins que l'ambiance générale est assez bien rendue, non ? Qu'en penses-tu ? As-tu remarqué que je me suis efforcée d'employer çà ou là des mots qu'auparavant j'aurais jugés trop grossiers pour ma plume ? Le verbe « coffrer » au lieu de « arrêter », que j'ai emprunté à ta lettre du 8 novembre et cet horrible « foutre » que j'ai eu du mal, je l'avoue, à ne pas effacer. Mais il est vrai qu'un niveau de langage choisi avec soin rend un personnage plus crédible.

Je suis pour ma part très satisfaite de l'intervention inattendue de la voisine au moment fatidique : elle me permettait de créer un véritable suspense. C'était plus subtil que d'en venir directement à la mort du chien.

Au fait, comment se fait-il que ni Marie ni tes hommes ne t'aient prévenu que cette fameuse voisine venait tous les jours à seize heures trente regarder la télévision ? Bon, Marie, je comprends sa négligence, elle était bouleversée, mais l'homme qui était censé la surveiller ? Pourquoi s'est-il borné à une simple mission de protection au lieu de noter scrupuleusement les habitudes de la vieille femme ? Manque de professionnalisme ? De coordination entre les différents membres de ton équipe ? Il faut que tu remédies à cela. Des sanctions s'imposent.

Pour remarquer la visite régulière de cette voisine, j'ai moi-même pénétré dans l'immeuble à plusieurs reprises. À chaque fois j'étais déguisée et grimée bien sûr. La copine de l'adolescente qui habite au cinquième, une employée du recensement, une femme de ménage, que sais-je encore. Mais j'aurais pu passer sans prendre cette peine. Sache qu'à l'heure du déjeuner, le policier chargé de la surveillance n'attendait pas l'arrivée de son collègue – toujours en retard – et, trop pressé de se sustenter, il filait s'acheter un sandwich dans la boulangerie d'en face.

Aucune conscience professionnelle. Un renvoi serait peut-être nécessaire ? On m'a bien licenciée, moi, du temps où je m'appelais Antoinette, et pour une faute que je n'avais même pas commise !

Bien, venons-en à l'essentiel.

La prochaine fois, Nathan, tends-moi un piège moins grossier, pour l'amour du ciel ! Il est vrai que ce témoin – Marie Bocquet – que j'ai eu l'imprudence de croiser un peu trop longuement à l'hôpital me gênait quelque peu, mais sans plus. J'ai eu, l'espace d'un quart de seconde, un léger doute, lorsque tu mentionnais, dans ta lettre du 6 décembre, tes visites régulières chez « la vieille dame aux charentaises » et sa « prétendue mémoire », ou encore dans ta lettre du 13 du même mois les « mille choses que tu avais à régler ». Une autre que moi, il est vrai, aurait cherché à se débarrasser de ce témoin. Alors, j'ai joué le jeu.

J'ai appelé l'hôpital. Tu avais demandé à la standardiste du service de te signaler les appels suspects : je m'en suis rendu compte au ton de sa voix, à ses hésitations, à sa façon de me faire répéter les questions que je formulais afin de gagner du temps. Mes doutes ont été confirmés quand elle m'a donné, sans la moindre hésitation, comme si elle avait prévu ma demande, les coordonnées de Marie. Je me présentais comme une ex-malade s'étant liée d'amitié avec elle. C'était un peu gros tout de même, non ?

Idem lorsque j'ai contacté Marie par téléphone. Elle a accepté avec une docilité déconcertante la visite d'une infirmière envoyée par l'hôpital, pour des piqûres à domicile. Tu lui avais fait la leçon, c'était évident. Les personnes âgées sont très pointilleuses en ce qui concerne les traitements médicaux. Elle n'aurait pas dû accepter un rendez-vous sans réclamer une foule de précisions et contacter le médecin de l'hôpital. Et cette façon d'essayer à tout prix de m'empêcher de raccrocher pour que tu puisses repérer l'appel !

Pardon, je bavarde, je bavarde encore. Alors que tu es sur des charbons ardents. Tu te demandes comment je suis parvenue à tuer le caniche de Marie, n'est-ce pas ?

Je vais te l'expliquer. Je n'ai aucun secret pour toi. Enfin, presque.

Si l'homme que tu as mis en faction devant le domicile de Marie nuit et jour avait été un tant soit peu observateur, il aurait repéré une mendiante qui venait rôder dans les parages avec une régularité d'horloge, entre quatorze heures et quatorze heures trente, au coin de la rue des Florentins et de la rue Saint-Honoré. À la décharge de ce pauvre homme, il faut préciser que notre société engendre la prolifération de ce genre de parasites. SDF, musiciens ratés qui font la manche dans les transports en commun ou dans la rue, artistes de théâtre en mal d'emploi, gens du voyage qui accrochent tel ou tel passant pour lui lire les lignes de la main. La rue est devenue une jungle ! Un bon coup de balai n'y serait pas superflu.

Revenons à notre gitane. Vêtue d'une ample jupe longue, d'un châle bariolé, longs cheveux noirs et frisés, anneaux aux oreilles, elle avait un faux air de Gina Lollobrigida dans *Notre-Dame de Paris*. (Quel beau film, non ?) Marie lui donnait vingt centimes d'euro chaque jour, lors de sa promenade. Quelle générosité ! Et son caniche ne manquait pas de réclamer une caresse.

Cette gitane, c'était moi, tu l'as compris. Hier, le jour du « piège », Marie m'a fait l'aumône d'un euro (sans doute pour accomplir une bonne action et obtenir ainsi du Seigneur que tout se passe bien le lendemain). Mais la gitane ne s'est pas montrée reconnaissante. Grâce à une adroite manipulation, elle a donné au caniche une boulette de viande empoisonnée, alors qu'il lui léchait affectueusement les mains.

Ces petits chiens sont très désagréables, collants, hargneux, ils aboient pour un oui pour un non. J'ai noté dans ta lettre du 6 décembre que tu ne les appréciais pas non plus : le yorkshire de Joe Jones te portait sur les nerfs. Comme je ne peux pas m'attaquer à lui, je m'en suis pris à celui de Marie. Un clin d'œil qui t'est destiné. Une attention délicate de ma part.

Ne m'en veux pas, Nathan. Surtout que mon ironie, bien involontaire, ne te blesse pas. Ne sois pas non plus choqué par les quelques flatteries à mon égard qui se dégagent à la fois de la nouvelle et de cette lettre. Que veux-tu, il faut bien que je me fasse des compliments toute seule, puisque tu t'acharnes à parsemer tes courriers de vexations incessantes envers moi.

À toi, toujours…
Agathe

AGATHE AU COMMISSAIRE JOFFRE

Le 28 décembre

Aucune parution dans *Chemins noirs* depuis près de quinze jours.

Tu es mauvais joueur, Nathan. J'ai marqué un point, et alors ? La prochaine fois, ce sera toi. Peut-être.

Réponds-moi. Pas de silence prolongé entre nous. Tu sais que j'ai besoin de te lire et que de ton côté, ma prose t'est indispensable.

Sache que même si tu poursuis dans cette voie absurde, rien ne m'empêchera de me rapprocher de toi. Chaque jour un peu plus. J'ai, comme on dit dans le langage des enfants « mon petit doigt » qui me raconte des choses sur toi.

En attendant que tu daignes te manifester, un bilan s'impose concernant tes derniers courriers.

Mon rôle de gitane ne m'avait pas laissé le temps nécessaire pour le faire, mais je suis plus disponible à présent.

Antoinette. C'est effectivement un de mes prénoms d'emprunt. Il ne correspond à rien et tu vas probablement en découvrir d'autres dans les jours qui viennent. Je te laisse donc le choix de me baptiser à ta guise. Quant à ta référence à Marie-Antoinette, au fait que tu aimerais me voir décapitée – quelle délicatesse de ta part ! – dois-je te rappeler que la peine de mort a été abolie en France ? Que la guillotine a été mise au rebut depuis un paquet d'années ? Mais je suis prête à aller jusqu'au bout. Si ton souhait le plus cher est de me voir mourir, je me sacrifierai pour toi, quand le moment sera venu. Il te suffit d'être patient.

La suite de tes trouvailles : oui, j'ai habité rue Jean-Pierre Timbaud. J'aimais bien ce quartier. Très vivant, un peu bruyant certes, mais agréable. La proximité de la place de la République lui donnait une position privilégiée au cœur de Paris. Il s'y passait toujours quelque chose : une manifestation, un concert improvisé. J'adorais descendre à pied la rue du Faubourg-Saint-Denis, elle grouillait toujours de monde, à tel point qu'il était souvent impossible de marcher sur les trottoirs. Il y avait une prolifération de boutiques, modestes mais sympathiques, où l'on pouvait acquérir une multitude d'articles sans dépenser plus de cinq euros. Bref, un quartier populaire.

Tu aimerais savoir où j'habite en ce moment ? Oh ! Mon Nathan, je suis toujours tenue par le secret, mais pour toi, je n'hésite pas à enfreindre les règles du jeu. Alors, si tu sais lire entre les lignes…

Il s'agit d'un quartier plus excentré, moins populaire. Une rue, à proximité de l'endroit où j'habite, porte un nom à consonance méditerranéenne. C'est un quartier « qui chante ». L'immeuble est situé sur une petite place charmante où se trouvent de nombreux cafés. J'imagine que lorsque les beaux jours viendront, les terrasses feront le plein. J'habite au dernier étage. J'aime la vue sur les toits, quoique ma fenêtre, minuscule, m'empêche de sombrer des heures durant dans la contemplation du paysage. (Ce qui est parfait pour rester concentrée pendant mon travail d'écriture.) Le bruit des voisins ? Oui, je l'entends, perpétuellement. De la musique à tue-tête, des disputes, et, comme tu le dis si élégamment, d'autres sonorités parfois… dont j'aimerais mieux me passer.

Les disputes ne sont pas celles d'un couple, mais plutôt, je crois, d'un jeune que des altercations fréquentes opposent à un adulte : tu vois, tu n'es pas le seul à avoir des problèmes relationnels avec ton fils.

Le « pas tout à fait » de ta lettre du 13 décembre m'intrigue. J'avoue que pour l'instant, je ne vois pas à quoi tu fais allusion. Œil pour œil, dent pour dent, tu crois que je te suis, tu ne te trompes… « pas tout à fait ».

Bon, à présent, j'en ai assez de parler dans le vide. Je me sens déprimée tout à coup. Peut-être à cause de la pluie qui se met à tomber. Les jours de pluie, une terrible morosité m'envahit.

Même si tu poursuis notre correspondance – et c'est une obligation, je te le rappelle – il faut qu'elle prenne dorénavant une tournure différente. Il faut rompre la monotonie du ton. Mettons encore à l'épreuve tes qualités littéraires ! Sous un autre angle, cette fois.

Je veux une lettre d'amour. Et pas de mièvreries surtout. J'exige de l'originalité.

COMMISSAIRE JOFFRE À AGATHE

Le 3 janvier

On ne se connaît pas depuis longtemps.

Cette phrase, qui fait office de refrain, est répétée trois fois. Le « en » de « longtemps » est accentué en rythme, soit : « en-en-en ». Un rythme de rap. La suite est psalmodiée sur la musique. Rythme identique.

Le soir, quand le ciel s'allume
Quand les étoiles se lèvent
Et entourent la Dame Blanche, je pense à toi.
Je pense à toi et j'oublie tout
Toute la crasse
Toute notre farce
Toute la détresse
Je sombre dans l'ivresse
Je pense à toi
Je pense à toi.

Le « toi » est repris comme précédemment sur le rythme, ce qui donne : « toi-a-ahan-a-han a-han ».

Tes mains ressemblent à des oiseaux
Je contemple tes longs doigts
Qui courent, qui courent
Et le clavier devient piano.
Tes yeux ressemblent à deux étoiles
L'une est allumée
L'autre demeure éteinte
Une seule a suffi
Pour mettre le feu à mon cœur
Pour embraser mon corps.

Ce « billet doux » te conviendra-t-il ?

Ce n'est pas exactement ce que tu m'as demandé, je le sais. Il ne s'agit pas d'une lettre d'amour, mais d'une chanson d'amour. Je doute que tu apprécies le rythme sur lequel les paroles sont composées (moi-même j'ai beaucoup de mal avec le rap) mais si l'on s'attache uniquement au texte, ce n'est pas mal du tout. Certes, l'ensemble est encore maladroit, balbutiant, mais il a le mérite d'être sincère.

Si je ne veux pas être à mon tour accusé de plagiat, je dois avouer que ce texte n'est pas de moi, mais de mon fils.

• *31 décembre*

Une belle surprise m'attend chez moi. En rentrant après une journée harassante pendant laquelle je n'ai cessé de courir (et tu devines à cause de qui, n'est-ce pas ?), je trouve Thomas à la maison. C'est aussi une des nouveautés de l'adolescence. Depuis plusieurs mois, il ne veut plus que j'aille le chercher chez sa mère, préférant aller et venir par ses propres moyens.

Assis par terre au salon, tour à tour crayonnant sur une partition et pianotant sur le clavier d'un synthétiseur, il est en pleine création. Et ça a l'air difficile, à en juger par la multitude de feuilles de papier froissées éparpillées autour de lui.

– Salut !

– Salut, p'pa !

– Sympa de venir me voir ! Je ne m'attendais pas à te trouver ici ! Tu ne passes pas le réveillon chez ta mère ?

– Non, elle va à une soirée chez des amis d'André. (Il s'agit de son beau-père.) Y aura que des vieux, merci, ça me branche pas !

– Et tu n'as pas prévu une fête chez des copains ou… des copines ?

Je ne prononce ce dernier mot que dans un timide murmure.

– Non.

Il ne me retourne pas la question. Thomas sait que j'ai toujours détesté fêter le nouvel an. S'il a préféré venir chez moi, c'est qu'il a envie d'être au calme. Et pas seulement parce qu'il veut fuir la soirée organisée par son beau-père. Quelque chose le tourmente ces temps-ci. Je me doute de quoi il s'agit : les paroles de sa chanson précisent l'hypothèse que j'avais déjà flairée le week-end dernier.

Le soir, alors que nous sommes attablés devant notre pantagruélique repas de fête – spaghettis bolognaises accompagnés de champagne – j'opte pour la méthode forte et attaque sans transition :

– Tu es amoureux, Thomas ?

Il tente d'esquisser un sourire moqueur, n'y parvient pas et rougit violemment en baissant les yeux.

– Comment t'as deviné ?

Je suis aussi surpris de la sincérité de sa réponse que lui, de ma franchise.

– Tu présentes tous les symptômes, fiston : regard perdu dans le vide, perte d'appétit (il n'a pas encore touché au contenu de son assiette), tendance dépressive, envie subite de poésie.

J'attends un moment avant de reprendre.

– C'est une fille de ta classe ?

Il nie de la tête.

– Une fille d'une autre classe ?

Même signe négatif. Il saisit sa fourchette, la tourne, la tourne sans discontinuer, enroulant un gros tas de spaghettis autour et négligeant de la porter à sa bouche.

– Non, c'est… plus sérieux.

– Ah ?

– Plus sérieux et plus difficile. On n'a pas du tout le même âge.

– Ah bon ? Elle est plus âgée ? En troisième, alors ?

Négatif.

– En seconde ?

Niet. Et les spaghettis qui ne finissent pas de s'enrouler autour de la fourchette.

Je vais jusqu'en licence 2 et la réponse reste négative.

– Ah ! Je vois ! Dans ce cas, c'est une de tes profs ?

Ma supposition lui arrache un sourire.

– Tu rigoles ? Elles ont des tronches de cadavres, les profs !

Je lui retourne son sourire, mais lorsque je reviens à la charge, il esquive et finit par se fermer. Je n'insiste pas et lui propose de trinquer avec moi. Je lui permets également de boire plus que de raison – sans dépasser la limite – et l'alcool provoque chez lui une légère euphorie qui lui ouvre enfin l'appétit. Nous partageons un moment fort agréable en papotant de choses et d'autres.

Après le repas, Thomas file dans sa chambre pour, me dit-il, souhaiter « Bonne année » à ses copains via un envoi groupé de SMS. Je vérifie un peu plus tard dans la soirée en m'approchant de sa porte que, sous l'effet de l'alcool, son entreprise a été interrompue par un somme intempestif.

Quant à moi, je replonge dans mon enquête, dans le tri des nouvelles informations, la relecture de tes courriers. (Et ce n'est pas un programme festif.) Enfin, tandis que minuit sonne et que la rue résonne des traditionnels coups de klaxon, mon Thomas émerge et vient m'embrasser.

– Bonne année, p'pa !

– Bonne année à toi aussi, Tom !

– Qu'est-ce que tu fais ? me demande-t-il en voyant que, toutes paperasses repliées, je mordille un stylo en me grattant la tête devant une feuille blanche.

– Eh bien... Je suis censé écrire une lettre d'amour.

Ma franchise le touche une nouvelle fois. Une lueur passe dans ses yeux.

– Ah ! Parce que tu... ?

Il termine sa phrase en collant ses deux index l'un contre l'autre.

– Peut-être bien. Je ne suis pas sûr encore. Pour le moment, je sèche lamentablement sur cette lettre.

Il prend un temps de réflexion.

– Faut dire aussi, une lettre d'amour, c'est ringard. Pourquoi tu lui envoies pas un SMS ?

– Ben c'est que...

C'est que je n'ai pas ton numéro de portable ! Et je ne sais pas ce que je donnerais pour l'avoir, ce foutu numéro, car il me permettrait de te localiser !

– C'est quelqu'un, disons... de plus traditionnel.

– Ah ! D'accord ! Elle aussi, elle est plus âgée que toi ?

Sa réflexion fait tilt. A priori non, tu n'es pas plus âgée que moi, au contraire, la trentaine, moi je l'ai passée depuis dix ans. Et puis tout à coup, je me dis que je me suis peut-être trompé sur ton âge, puisque tu es si habile à te grimer. Sans compter certains détails qui m'ont déjà mis la puce à l'oreille. Pour ne citer que le dernier : ta référence à Notre-Dame de Paris *avec Anthony Quinn, un classique. Et puis, toujours, ce côté désuet, réactionnaire parfois, qui se dégage de tes écrits.*

– Tu sais, ajoute-t-il, je suis content que t'aies trouvé une meuf. C'est pas juste que tu restes seul après ce que maman t'a fait. Attends !

Il fonce dans la cuisine et en revient avec une feuille de papier froissée – et souillée de sauce bolognaise. Je reconnais celle sur laquelle il griffonnait quand je l'ai trouvé en rentrant.

– Si ça te va, tu peux t'en inspirer ! conclut-il. Moi, de toute façon, j'aurai jamais le courage de lui glisser un mot.

Comme je n'ai aucune envie de t'écrire une lettre d'amour, je t'adresse ce texte que j'ai pris soin de recopier au propre afin de t'épargner la sauce bolognaise.
Tu voulais de l'originalité, non ?

P.-S. Bonne année.

COMMISSAIRE JOFFRE À AGATHE

Le 10 janvier

Silence à nouveau.

Nous agissons comme des gosses, non ? Un coup, c'est moi qui boude, la fois d'après, c'est toi. J'ai dans l'idée que mon « billet doux » ne t'a pas convaincue.

Tant pis. Rien à battre ! (Pour rester poli.)

Revenons à l'enquête.

À Amélie Archambault, plus précisément, la première de tes victimes. Pauvre vieille dame, nous l'avions presque oubliée, n'est-ce pas ?

• *4 janvier, 10 heures*

J'ai rendez-vous avec Louis Debreuil, le petit-fils d'Amélie (cf. ma lettre du 15 novembre). J'ai mis du temps à le trouver, celui-là. Sans cesse en voyage professionnel à l'étranger ou courant les salons du livre se tenant en automne. Que fait ce cher monsieur, dans la vie ?... Il est éditeur ! Tiens ! Tiens ! Quelle drôle de coïncidence, pas vrai ?

Le personnage présente peu d'intérêt. Grincheux, maussade, tout est petit chez lui : ses yeux, cachés derrière des lunettes aux montures grossières, son nez, masqué, lui, par un mouchoir – Debreuil souffre d'une rhinite allergique – sa bouche, sa taille, son bureau, son cerveau. Vêtu d'un costume au tissu si fané qu'on le croirait récupéré dans une poubelle ou un vide-grenier, il plane à des années-lumière de l'élégance de son confrère, Romain Prêles. Célibataire, il consacre sa vie au travail et s'avère être un patron fort désagréable que son personnel n'apprécie guère. Personne ne l'aime au final. Aussi, pour lui faire mal, on n'a trouvé que sa grand-mère à assassiner. Car à l'inverse de Romain Prêles, il n'a pas l'ombre d'une liaison ou d'une relation amoureuse.

Assis en face de lui dans son bureau aussi miteux que son costume – une espèce de réduit obscur encombré de paperasses – je lui sers la même entrée en matière qu'à son concurrent : sa grand-mère a été assassinée par une personne qui a travaillé chez lui. Son visage ne trahit qu'une vague expression dubitative.

– Êtes-vous vraiment sûr de ce que vous avancez ? me demande-t-il. Ma grand-mère était très âgée, vous savez, je m'attendais à son décès d'un jour à l'autre et la directrice de la maison de retraite m'a laissé entendre que...

– La directrice de la maison de retraite s'inquiète de la réputation de son établissement, guère plus. Je suis sûr de ce que j'affirme, croyez-moi. Et c'est moi qui pose les questions.

– Très bien, je vous écoute, me dit-il, vexé, pinçant ses petites lèvres luisantes de salive.

– Mes soupçons se portent sur une personne, une femme, qui aurait peut-être travaillé comme lectrice chez vous. Voyez-vous de qui il pourrait s'agir ?

L'une de ses quatre lignes téléphoniques sonne à ce moment-là. Il prend la communication, se garde bien de mettre en attente son interlocuteur et fait durer la conversation à dessein.

J'attends.

– Vous disiez ? me demande-t-il en raccrochant enfin. Ah ! Oui ! Vous me parliez d'une lectrice. Mais, ici, les lecteurs ne font qu'un premier travail de sélection, précise-t-il d'un ton méprisant avant de prendre une seconde communication.

Je dois attendre à nouveau qu'il daigne terminer son entretien.

– Je n'ai jamais affaire aux lecteurs, conclut-il, je ne les connais même pas. Adressez-vous à mes collaborateurs !

Il pense mettre ainsi un point final à notre rendez-vous et cette fois, c'est son portable qui sonne.

Nouvelle attente. Je ne suis pas pressé outre mesure. Je sais par ailleurs que ma seule présence l'exaspère et ça m'aide à patienter. Sans compter que j'ai une autre piste à exploiter.

J'ai en tête le « eux » de ta lettre du 30 octobre, Agathe. Il est probable qu'il désigne un éditeur qui aurait refusé un de tes écrits.

Debreuil termine sa conversation. Alors qu'il tend la main vers son maudit poste qui se remet à sonner, j'arrête son geste en le saisissant fermement par le poignet.

– Vous laissez votre putain de téléphone de côté pour le moment, O.K. ?

Pardon, Agathe, pour la grossièreté. Mais elle fait son effet et je peux ainsi reprendre mon interrogatoire.

– Vous souvenez-vous avoir refusé un manuscrit au cours de l'année 2004 ? Avoir notamment spécifié à l'auteur que son style n'était pas assez véridique ?

– Oh ! Oui, bien sûr que je m'en souviens ! s'exclame-t-il. J'ai dû le faire environ mille fois cette année-là, comme les autres années, d'ailleurs.

Croyant marquer un point, il me coule un sourire ironique qui se termine en un abominable rictus, un éternuement le cueillant à ce moment-là.

– Vous souvenez-vous avoir reçu une lettre d'injures, suite à un refus ? Une lettre d'un auteur qui vous aurait particulièrement surpris par son agressivité ?

Il se mouche, contemple le contenu de son Kleenex avant de le balancer à la poubelle et en prend un autre dans une boîte posée sur son bureau.

– Beaucoup d'auteurs acceptent très mal le refus de leurs manuscrits. Des lettres d'insultes, nous en recevons des dizaines par jour et ce n'est pas moi qui les lis. Je ne peux, je le répète, que vous adresser à mes subalternes.

Cette fois, c'est terminé. Je n'en tirerai rien de plus.

Pas très coopératif, le Debreuil. J'ai subitement envie de lui porter un coup gratuit. Comme ça, pour le plaisir.

– Vous ne semblez guère animé d'un quelconque ressentiment, n'est-ce pas ? Peu vous importe qu'on retrouve la personne qui a assassiné votre grand-mère ?

Il secoue la tête en affichant de nouveau son affreux sourire. Je me dirige lentement vers la porte et, juste avant de partir :

– La meurtrière que nous recherchons est une femme extrêmement dangereuse, lui dis-je. Votre grand-mère n'était que sa première victime. Une deuxième a suivi juste après. Il est évident qu'elle va remettre ça. C'est une tueuse en série. Elle a la faculté de frapper au moment où on s'y attend le moins. Jusqu'à présent, elle a réussi à déjouer tous les pièges que nous lui avons tendus. C'est une sorte de caméléon, elle passe inaperçue, entre là où elle veut sans éveiller de soupçons. Rien ne l'arrête. À travers votre grand-mère, c'est vous qu'elle visait. À votre place, je ferais attention.

J'ai le temps, avant de refermer la porte sur moi, de voir son visage se décomposer. Je marque donc le point final et j'en suis satisfait. C'est idiot, mais ça me fait du bien.

Au fait, soit dit en passant, chère Agathe, au lieu de te venger, j'ai l'impression que tu as rendu un fier service à Debreuil en assassinant sa grand-mère. Il est célibataire, sans enfants, il ne lui restait qu'Amélie, certes. Mais avec la disparition de celle-ci, la facture de la maison de retraite ne tombera plus à chaque fin de trimestre. (Ses secrétaires sont bien plus bavardes que lui et il a une sale réputation. D'avarice, notamment.)

Revenons à nos moutons. Mes collaborateurs ont envahi la maison d'édition. Ils ont épluché les archives, les disques durs des ordinateurs, dépiauté les courriers qui accompagnaient les manuscrits en attente. Nous avons harcelé de questions les directeurs de collection, ainsi que les secrétaires chargées de rédiger les lettres aux auteurs. Nous avons lu et relu tous les courriers reçus et envoyés.

Un travail titanesque.

Un travail de fourmi.

Qui a fini par porter ses fruits. Nous avons retrouvé une lettre adressée à la désormais notoire Antoinette Duchemin, qui n'habitait plus rue Jean-Pierre Timbaud, mais place Gambetta.

J'obtiens un rendez-vous avec la personne qui avait rédigé ce courrier, une jeune stagiaire à l'époque, engagée depuis. Bien plus agréable que M. Debreuil, cette jeune femme, tant par son physique, que par son amabilité. Elle a un sourire absolument craquant.

– Oh là là, oui ! s'exclame-t-elle lorsque je l'interroge. Je me souviens de cette fille. Je débutais cette année-là, c'était mon premier poste, alors elle m'a marquée. Elle nous a envoyé son manuscrit trois fois de suite en changeant le titre, croyant ainsi nous berner. Elle nous a adressé une lettre d'injures très violente lorsque nous avons refusé son texte. Je ne l'ai pas gardée, mais je m'en souviens. C'était assez impressionnant. Elle disait qu'elle se vengerait, qu'elle était en mesure de faire beaucoup de mal à monsieur Debreuil, qu'elle avait entendu des bruits de couloir dont elle se servirait, quelque chose de ce genre.

– Et son manuscrit, vous vous en souvenez ?

– Oui. C'était un énorme pavé. Une enquête policière relatée sous forme de journal, je crois. Pas inintéressant d'ailleurs, plutôt original même, mais l'ensemble était confus, incohérent par moments, ça partait dans tous les sens.

– A-t-elle récupéré son manuscrit ?

– Oui, nous le lui avons retourné.

La jeune femme voit la déception s'afficher sur mon visage.

– Attendez ! ajoute-t-elle, les mésaventures avec cette fille ne s'arrêtent pas là ! Cette année-là, je vous l'ai dit, je débutais, j'étais stagiaire et on m'avait confié la responsabilité de gérer seule le retour des manuscrits. Si bien qu'il m'est arrivé de commettre des erreurs. J'ai expédié à Antoinette Duchemin son manuscrit incomplet. Deux pages s'étaient détachées que j'ai malencontreusement glissées dans le manuscrit d'un autre auteur. Celui-ci me les a retournées aussi sec, accompagnées également d'une lettre d'insultes : « Voici la preuve évidente que vous ne lisez pas les manuscrits qui vous sont confiés, vous mélangez les pages, c'est inadmissible, etc., etc. » J'ai conservé ces feuillets, pensant qu'Antoinette Duchemin les réclamerait. Mais c'est curieux, elle n'en a rien fait.

– Et vous…

Je n'ai pas le temps de terminer ma question. La jeune femme secoue la tête d'un air désolé.

– Non, malheureusement, j'ai gardé ces feuillets deux ans, ce qui est déjà énorme, puis j'ai fini par les jeter.

Agathe, tu as sûrement gardé trace de ce roman policier dans ton ordinateur, non ? Si tu m'en faisais une copie ? Que je voie un peu ce que tu écrivais avant de délirer ? À travers tel ou tel détail pioché dans la description d'un personnage ou d'un lieu, je suis sûr que je pourrais trouver quelques indices autobiographiques. Je n'ai pas eu de cadeau de Noël. Si tu m'en faisais un, avec un peu de retard ?

Je demeure immobile, silencieux, sans savoir qu'ajouter. Mais cette jeune et jolie secrétaire a décidément envie de m'aider. Elle se rapproche de moi et me confie avec son adorable sourire :

– Il s'est passé peu après un événement qui pourrait peut-être vous intéresser.

– Dites-moi vite !

– Eh bien, après l'échange de courriers dont je vous ai parlé, le salon du livre de Paris a débuté. Encore une fois, je m'en souviens parce que c'était mon premier salon. Le soir de l'inauguration, il y avait beaucoup d'invités sur le stand, des auteurs, des journalistes qui devisaient autour d'un buffet, vous voyez un peu l'ambiance? Tout à coup, quelqu'un a fendu la foule, s'est avancé vers la directrice de collection avec qui je travaillais et...

La jeune femme s'interrompt pour réprimer une subite envie de rire.

– Et?

– Elle a été entartée. C'était horrible, mais... Oh! Excusez-moi!

Elle éclate de rire.

– Ce n'est pas drôle, pourtant, vous voyez un peu l'effet que ça fait? C'est comme quand quelqu'un tombe, même s'il se fait mal, on ne peut s'empêcher de rire!... Ma pauvre directrice s'était mise sur son trente et un pour l'occasion, elle était allée chez le coiffeur, elle s'était maquillée et elle reçoit cette tarte à la crème sur la figure! En plus, je passe sur les noms d'oiseaux dont l'autre l'a assommée en même temps!

– Vous pensez que c'est Antoinette Duchemin qui a entarté votre directrice?

– Oui, sinon, ce serait une sacrée coïncidence.

– Vous l'avez vue? Vous pourriez me la décrire?

– Non, désolée, il y avait beaucoup de monde et elle s'est débrouillée pour disparaître très rapidement dans la foule.

Nouvelle déception pour moi. Je songe à prendre congé, mais la jeune femme, pleine de bonne volonté, poursuit sur sa lancée.

– Attendez ! L'histoire n'est pas tout à fait finie. Ma pauvre directrice n'a pas été entartée que le soir de l'inauguration. Antoinette Duchemin, si c'est bien elle, a recommencé quelques jours plus tard.

– Savez-vous si votre directrice a porté plainte ?

– Je ne voudrais pas m'avancer, mais je crois que oui. Le mieux serait de le lui demander. Elle ne travaille plus ici, mais chez un concurrent, voici ses coordonnées.

– Merci, merci beaucoup !

Je me retiens pour ne pas embrasser cette merveilleuse jeune femme et me contente d'une chaleureuse poignée de mains.

• *5 janvier, 23 heures*

J'ai encore eu droit à un rendez-vous dans une maison d'édition. Je vais finir par toutes les connaître. Si un jour nous décidons de publier ce journal, accompagné de sa correspondance, nous aurons déjà nos entrées chez les éditeurs, nous aurons le choix, n'est-ce pas ? Écrit à quatre mains, nous le signerions ensemble, ce livre, et la promotion s'organiserait pour ta part, Agathe, depuis la prison. Un sacré coup de pub ! De quoi faire exploser les ventes. Peut-être même obtenir une remise de peine.

La directrice de collection entartée a gardé un vif souvenir de toi, Agathe/Antoinette. Tu l'as traumatisée. Si bien qu'elle a engagé un garde du corps qui, lors de la deuxième agression, t'a ceinturée sans difficulté et conduite au commissariat où une plainte a été déposée.

Cette histoire remonte à quelques années. Nouveau travail de fourmi en cours pour retrouver : un, le garde du corps ; deux, le procès-verbal qui a été rédigé ; trois, le jugement. Bref, tous les détails qui pourraient m'être utiles. Toujours ce fameux portrait-robot qu'il me faut compléter au plus vite.

En attendant, même si la directrice de collection n'a pas le charme de sa jeune stagiaire, elle m'a confié un détail, dont j'attends confirmation sous peu.

Ça se précise, tout ça. Ça se précise.

AGATHE AU COMMISSAIRE JOFFRE

Le 18 janvier

Non, je n'ai pas gardé une copie de ce roman. Il était mauvais.

Lis plutôt les pages qui suivent. Elles sont bien plus intéressantes.

P.-S. L'entartage. J'étais jeune et fougueuse à l'époque. J'avais un certain sens du théâtre.

Maintenant je préfère agir plus calmement, dans l'ombre.

AD PATRES

Un peu de calme. Enfin. La journée a été harassante. Louis Debreuil est soulagé de retrouver la tranquillité de son appartement, son luxe apaisant. Situé dans l'île Saint-Louis, le cinq pièces qu'il habite offre une vue magnifique sur la Seine. D'ailleurs, le premier plaisir du propriétaire des lieux en rentrant chez lui consiste à traverser son appartement sans allumer les lumières et à se diriger vers le balcon du salon pour admirer Notre-Dame illuminée, impressionnante de majesté. C'est si beau ! Ce panorama – unique en son genre – suffit à évacuer les fatigues de la journée.

Du moins, en temps normal.

Car ce soir, ce n'est pas le cas. Après quelques pas rapides et nerveux sur sa terrasse d'où il ne jette qu'un vague regard à Notre-Dame, Louis Debreuil rentre, boucle scrupuleusement sa fenêtre et s'empresse d'allumer les lumières. Toutes.

C'est curieux, cette anxiété subite qu'il a éprouvée à demeurer dans la pénombre, même un bref instant. Elle était si forte – une réelle bouffée d'angoisse – que l'espace de quelques secondes, il a été saisi de vertige et a senti la respiration lui manquer. Probablement le résultat du stress accumulé au fil des heures : un gros contrat raté du fait de l'incompétence marquée de ses collaborateurs et… et surtout, la visite de ce commissaire, là – il ne se souvient pas de son nom – avec ses insinuations sur la mort de sa grand-mère, son prétendu meurtre, sur un éventuel danger qui le guetterait, lui.

Balivernes ! se rassure-t-il.

Mais si jamais c'était vrai ?

Louis Debreuil se sert un scotch. Bien tassé. Sans glace. Qu'il boit d'une traite. La chaleur de l'alcool et la douce ivresse qu'il sent monter en lui le réconfortent. Calé dans son fauteuil, il pousse un soupir de soulagement. S'offre la vue de cet autre panorama qu'il adore autant que le précédent : celui de son mobilier, importé de Chine, fort coûteux, fort élégant, tout en laque noire et cerisier. Où l'œil le plus avisé ne serait guère en mesure de déceler le moindre grain de poussière. Mme Gentil, la femme de ménage, est passée aujourd'hui (elle vient deux fois par semaine), et elle s'est appliquée à faire briller meubles et parquets comme il l'exige, une vraie galerie des glaces.

Debreuil est fier de son appartement. Lui qui n'aime guère dépenser son argent, il ne compte pas lorsqu'il s'agit d'acheter un meuble ou un élément de décoration. Quant à Mme Gentil, il la paie rubis sur l'ongle, en récompense de son excellent travail. (Ainsi, une fois rentré chez lui, il ne souffre plus de cette maudite rhinite allergique qui le met à la torture lorsqu'il se trouve au bureau.) Mme Gentil est la seule présence féminine dans cet appartement. C'est très bien ainsi.

Au fait, elle a dû lui préparer ce soir un de ces plats succulents dont elle a le secret.

Se sentant soudain en appétit, Louis Debreuil se dirige vers la cuisine et découvre sur la table où son couvert a été posé avec soin, un rôti de bœuf accompagné de pommes de terre arrosées d'une sauce au vin. Deux ou trois minutes au micro-ondes et il pourra se régaler. Il en a déjà l'eau à la bouche.

Il ouvre une bouteille de bordeaux dont il savoure quelques gorgées pour patienter. La sonnerie du micro-ondes, extrêmement rapide, le tire de la rêverie dans laquelle il a sombré – très rapidement aussi. Trop. Toujours ces mauvaises pensées qui le poursuivent, ce soir.

Il retire le plat du four, s'installe à table et entame son repas. Mmmh ! Un régal. Mme Gentil est vraiment une cuisinière hors du commun. Louis se félicite de pouvoir compter sur elle. Il ne peut pas en dire autant de son personnel, au bureau. Ah ! Voilà qu'il pense encore au bureau, au travail, et son appétit en serait presque coupé. Il lâche sa fourchette, demeure pensif un instant, puis prend son assiette et l'emporte au salon, sur la table basse, devant la télévision qu'il allume. Il a horreur de manger devant la télévision en temps normal, mais ce soir – il ne comprend pas lui-même pourquoi – il éprouve le besoin de bouleverser ses habitudes... Le fait est que le bruit de la télévision couvrira celui de ses couverts dont le tintement résonne d'une manière qu'il juge soudain sinistre.

C'est l'heure des informations. Tiens, se demande-t-il, le journaliste va-t-il évoquer une enquête concernant cette tueuse en série dont lui a parlé le commissaire ce matin ?... Non, pas un mot. Rien. Ce policier n'est donc qu'un incompétent lui aussi, un fabulateur.

Louis Debreuil devrait se sentir rassuré, mais... non, décidément. Et il doit s'avouer que cette fois, son appétit est bel et bien coupé. Si bon soit-il, le rôti ne passe plus. Il repousse son assiette et saisit son verre de vin qu'il s'empresse de finir, suivi d'un autre, puis encore un autre, jusqu'à ce que la bouteille soit vide.

Il n'a guère l'habitude de boire autant et sombre aussitôt dans une somnolence à laquelle il ne peut résister malgré ses efforts. Il se sent happé par le sommeil comme un homme qui, immergé sous l'eau, tenterait de remonter à la surface malgré les poids dont ses pieds sont entravés.

Il se réveille vingt minutes plus tard en sursautant. Si violemment qu'il manque se retrouver par terre. Il constate qu'il est à bout de souffle, en sueur – mais pourquoi, grand Dieu ? Aurait-il rêvé qu'il courait un marathon ? Il a rêvé, c'est sûr, mais ne parvient pas à se souvenir de quoi. C'était si confus. Il y avait là, dans le salon, une manière de silhouette dont il ne parvenait pas à distinguer les contours. Elle ressemblait à Mme Gentil qui, armée de son chiffon, s'activait autour de lui pour astiquer les meubles, mais le chiffon se transformait, il s'effilochait jusqu'à prendre l'apparence d'une espèce de sangle que Mme Gentil – qui elle aussi se transformait, prenant peu à peu les traits de sa grand-mère – lui passait autour du cou. Ensuite, elle serrait, serrait…

C'est l'alcool.

Une douche. Une bonne douche lui fera du bien.

La salle de bains se situant à l'extrémité opposée de l'appartement, Louis Debreuil se surprend à marcher avec une extrême précaution dans le couloir, tout doucement, comme si le sol était tapissé d'œufs. Il allume chaque pièce sur son passage, la chambre d'amis – que jamais aucun ami n'occupe, qui aurait fait une chambre très confortable pour sa grand-mère s'il avait consenti à l'accueillir chez lui – le bureau, la bibliothèque, sa chambre à coucher. Il ne supporte pas qu'une quelconque zone, même minime, demeure dans l'ombre.

L'angoisse qu'il sentait poindre en début de soirée ne fait qu'augmenter. Ce n'est d'ailleurs plus de l'angoisse, c'est de la peur. Une terreur épouvantable. Outre les paroles du commissaire, il pense à ce que lui a confié la remplaçante de la concierge il y a quelques jours. Un cambrioleur aurait pénétré dans trois appartements de l'immeuble, en pleine nuit, chaque fois en présence des occupants plongés dans le sommeil. Cet étrange individu aurait ainsi la faculté d'entrer sans effraction. « Suivez bien mon conseil, monsieur Debreuil ! Enfermez-vous à double tour, le soir ! »

Louis Debreuil file en direction de la porte d'entrée et la verrouille. Serrure blindée, huit points. Avec ça, qui donc pourrait entrer ?

Qui ?

À part un fantôme ?

À part… une sorte de caméléon ?

Personne, se persuade-t-il. Une bonne douche et il essaiera de travailler un peu afin de rattraper le retard accumulé pendant cette maudite journée. Au moins son esprit sera occupé à autre chose qu'à ressasser des inepties.

Jets d'eau tour à tour brûlants et glacés, rien de tel pour se fouetter les sangs. Mais Louis Debreuil abrège sa douche, comme il a abrégé son repas. En coulant, l'eau fait trop de vacarme, juge-t-il, et l'empêche de discerner un bruit suspect.

En dépit de ses efforts, il n'arrive pas non plus à travailler et finit par se mettre au lit, pestant contre lui-même, contre sa peur, contre le commissaire, contre le monde entier. Bien évidemment, le sommeil ne vient pas. Il a beau se tourner et se retourner dans son lit, rien à faire, ses yeux demeurent grands ouverts. La lumière qu'il tient à garder allumée le gêne, mais lorsqu'il se décide à l'éteindre, c'est pire. Il entend sur sa droite un craquement, sur sa gauche, comme une sorte de cliquetis, il croit voir, dans la pénombre, les doubles rideaux bouger, une silhouette se dessiner, un objet se déplacer.

Un somnifère. C'est la seule solution. Il en a dans sa pharmacie. Il en avale deux, oubliant qu'il a déjà ingurgité une dose trop importante d'alcool qui risque de décupler les effets des soporifiques.

Il s'endort enfin.

Mais rêve.

Fait un cauchemar épouvantable.

Il ne peut pas l'abréger, ce maudit cauchemar, comme il a abrégé la contemplation de Notre-Dame, puis son repas, sa douche, sa séance de travail. Il a beau essayer de remuer, il est paralysé, ses membres ne lui obéissent plus. Il a beau tenter d'appeler à l'aide, aucun son ne sort de son gosier.

Il rêve que quelqu'un a effectivement réussi à pénétrer dans son appartement. Dans sa chambre.

Ce quelqu'un était là bien avant son propre retour. Ce quelqu'un le guettait. Ce quelqu'un se trouve à présent penché au-dessus de lui et appuie de toutes ses forces sur un oreiller qu'il a plaqué sur sa bouche. Debreuil étouffe. Debreuil suffoque. Debreuil s'asphyxie. Et c'est long. Atrocement long. Cet oreiller est comme une plaque de fer que, malgré les sursauts dont son corps est agité, il ne parvient pas à déplacer.

Il meurt enfin.

D'une mort qu'on peut qualifier de belle, puisqu'il est « parti dans son sommeil », comme on dit. Expédié ad patres *sans même s'en rendre compte, comme sa grand-mère.*

Si seulement il s'était méfié de ce remplacement inopiné de la concierge, la semaine dernière.

AGATHE AU COMMISSAIRE JOFFRE

Le 31 janvier

Mon cher, cher Nathan

Lorsque ton silence se prolonge de la sorte, c'est que tu es vexé. Mais encore une fois, ces petites offenses que je t'inflige me sont imposées par mon travail d'écriture.

Par toi, également.

Tu m'as tellement reproché de ne pas avoir d'imagination que je m'évertue à te prouver le contraire.

Non, Debreuil n'est pas mort, il n'a jamais couru le moindre danger. La nouvelle que je t'ai adressée dernièrement n'était que le fruit de mon talent d'auteure. Rien d'autre. C'est ta lettre du 10 janvier qui m'en a donné l'idée : tu avais dit à Debreuil de se méfier, tu lui avais laissé croire que j'étais susceptible de vouloir le tuer. (Attention, ne me pousse pas davantage au meurtre, je pourrais jouer le jeu pour de bon !) Tu répétais dans cette lettre que ce personnage t'exaspérait, ce qui m'a fait penser au caniche de Marie Bocquet...

Pardon, mon Nathan, pardon. J'imagine que toi et tes collaborateurs avez perdu un temps précieux en vous rendant sur les lieux, en mobilisant toutes les équipes de rigueur, pour, au final, trouver Debreuil dormant du sommeil du juste au fond de son lit.

Bien à toi.
Agathe

P.-S. Je vais me faire pardonner. Tu vas recevoir sous peu une autre nouvelle. Et celle-là, je le jure, ne sera pas une fausse piste.

LES BEAUX JOURS

Un homme, torse nu, portant une sorte de caleçon blanc, s'appuie de la main droite au manteau d'une cheminée et attise le feu de la main gauche. Il est à genoux et la composition du tableau coupe sa silhouette en deux, si bien qu'on ne voit que sa jambe gauche. Il a la tête baissée.

Derrière lui, une jeune fille est allongée sur une chauffeuse. Une jambe repliée, l'autre étendue, sa robe est relevée à mi-cuisses. Elle est chaussée de savates blanches. L'un de ses bras pend sur le côté du siège, son épaule est dénudée. Deux rangs de perles ornent son cou. De la main gauche, elle tient le manche d'un couteau, planté sous son sein, en plein cœur. La tête est légèrement inclinée, le visage rond, un peu trop gros par rapport au reste du corps. Elle a l'air d'une poupée.

Si ce n'était la fixité du regard, l'aspect inerte du bras droit, et le couteau bien sûr, rien ne laisserait deviner qu'elle est morte.

Qui a planté le couteau ? Est-ce elle ? Ou bien l'homme qui attise le feu ?

Debout devant la toile, la visiteuse est troublée. D'un geste furtif, elle serre son sac à main, une élégante pochette de satin noir. Elle y a dissimulé un couteau.

Elle a rendez-vous avec un homme qu'elle a l'intention de tuer. C'est elle qui, au téléphone, la veille, lui a fixé rendez-vous au centre Beaubourg, à l'étage où l'on expose les tableaux de Balthus, son peintre préféré. En revanche, c'est l'homme qui a choisi le tableau Les Beaux Jours, *comme point de rencontre.*

Quelle étrange coïncidence. La toile représente la scène que la visiteuse a déjà imaginée maintes fois, lorsqu'elle préparait son crime, à ceci près que dans le tableau, la situation est inversée. Si le peintre a décidé de « tuer » la jeune fille, ce soir, c'est l'homme qui va mourir.

Dix-huit heures cinquante-cinq. Personne. Pas d'inquiétude, la visiteuse vérifie à sa montre qu'elle a cinq minutes d'avance.

Elle continue la visite de l'exposition. Passe devant un Nu couché, *sans s'attarder. Une femme y est représentée, allongée, cuisses écartées. Une connotation légèrement obscène. Devra-t-elle se prêter au jeu, tout à l'heure, lorsqu'elle se trouvera en compagnie de l'homme avec qui elle a rendez-vous, à son domicile ou dans une chambre d'hôtel ? Devra-t-elle s'allonger sur un lit, faire semblant de bien vouloir recevoir les caresses de cet inconnu avant de le poignarder ?*

Probablement. Ce serait le meilleur moyen de l'attirer dans ses filets. Elle refermera ses bras autour de lui comme une pieuvre ses tentacules. Puis elle frappera.

Ce sera aussi une façon d'attiser la jalousie de l'homme qu'elle aime et qui s'obstine à la dédaigner. Il verra – oui, il verra de ses propres yeux – qu'elle a couché avec un autre.

La visiteuse déambule encore. Elle a bien fait d'arriver en avance, l'exposition est magnifique et ce temps de détente lui permet de prendre de l'assurance.

Le Goûter : *une corbeille de fruits posée sur une table, un verre de vin, un morceau de pain. Un couteau est planté dans la mie. Encore.*

Jeune fille en vert et rouge : *la fille est assise à une table. Devant elle, une aiguière, un chandelier et un morceau de pain. Toujours ce couteau planté dans le pain. Une légère touche de rouge sur le côté donne l'impression que le pain saigne. La jeune fille tient fermement le chandelier de la main gauche et on pressent qu'elle va s'emparer ensuite du couteau avec une détermination égale.*

C'est de bon augure. La visiteuse s'identifie à la fille du tableau. Il lui faudra, elle aussi, saisir le couteau avec conviction lorsque le moment viendra. Elle enroulera ses doigts autour du manche sans le moindre tremblement. Et frappera. Fort. Ensuite, il y aura sur le flanc de l'homme cette tache rouge qui ira en s'élargissant.

La visiteuse se félicite d'avoir choisi cette exposition qu'on pourrait nommer « Poésie du meurtre ». Balthus est décidément un grand artiste.

Dix-neuf heures cinq. Il est en retard, cette fois. Un point en sa défaveur. Mais lorsqu'on sait que ces quelques minutes lui octroient un sursis... Sa voix, au téléphone, lui a paru assez chaude, mais on ne peut se fier à la voix, c'est souvent un piège. Cependant elle se plaît à l'imaginer grand, mince, avec des cheveux châtains ondulés, des yeux verts et... Non, son imagination lui joue des tours. Elle est en train de mettre un visage à la place d'un autre, celui de l'homme qu'elle aime en secret, à qui elle ne peut malheureusement pas se montrer pour l'instant.

Thérèse : *les femmes de Balthus sont toujours représentées dans des positions très sensuelles, érotiques, à la limite de l'obscénité.*

Un frisson lui parcourt l'échine. C'est tellement beau. Si seulement elle pouvait se donner ainsi à l'homme qu'elle aime.

Une main se pose sur son épaule et la tire de sa rêverie.

– Je suis désolé d'être en retard. Paris est saturé d'embouteillages ce soir.

La voix du téléphone. La visiteuse hésite un bref instant avant de se retourner vers l'homme qui vient de l'apostropher. Sa victime. Elle fait volte-face et se force à sourire, malgré sa déception. L'homme a un physique assez attrayant, il n'est pas repoussant, loin de là, mais ne ressemble pas à l'autre. Celui qu'elle aime en secret.

Après tout, tant mieux, sa tâche sera ainsi facilitée. Qui sait si une ressemblance, même lointaine, ne lui aurait pas fait perdre ses moyens au moment crucial ?

– Ça vous dit d'aller boire un verre ?

Elle acquiesce en souriant. Glisse sous son bras gauche la pochette noire enfermant le couteau et passe le bras droit sous celui de l'homme.

AGATHE AU COMMISSAIRE JOFFRE

Le 7 février

Alors ? Tes impressions ? Est-ce que ce texte t'a plu ? Tu n'as pas jugé bon de me répondre, pourtant cette nouvelle lecture est précieuse pour toi.

Faut-il à nouveau te répéter que ce n'est pas un piège ? Je serais tellement désolée d'avoir perdu ta confiance.

Ce texte n'est qu'une simple ébauche pour l'instant, une sorte d'introduction au cœur de la nouvelle elle-même. Comme tu peux le constater, cette fois, *la visiteuse* s'attaque à un homme. L'histoire va donc se démarquer des autres de ce point de vue, cependant je pense que la variété des thèmes améliorera la qualité de mon recueil.

Tu sais, c'est encore toi qui m'as soufflé l'idée de ce nouveau meurtre. Je rêve tant d'un rendez-vous avec toi que je suis obligée de satisfaire mon envie… par procuration, si j'ose dire. J'espère que les allusions qui te sont adressées çà ou là dans le texte t'auront flatté.

Il s'agit en quelque sorte de ma déclaration d'amour.

Nathan, je vais aller à ce rendez-vous en imaginant que c'est toi que je retrouve. Si cet homme me demande de partager son lit, je le ferai. Lorsqu'il se penchera au-dessus de moi, je verrai ton visage à la place du sien. Sauf pour la fin. Jamais je ne pourrais envisager de te tuer.

À propos de fin, je la rédigerai en rentrant.

Pardonne la brièveté de cette lettre, mais je dois me préparer, m'habiller, me maquiller, me travestir.

Je me sens très nerveuse. Plus que les autres fois.

Sans doute parce que je change de technique, de victime. Parce que… je ne sais pas.

Il faut que j'y aille.

Ton Agathe

P.-S. Lorsque tu recevras ce courrier, tout sera déjà fini. Le rendez-vous sera passé depuis de longues, longues heures. Tu n'as pas le temps de contacter les agences matrimoniales de Paris, les journaux spécialisés dans ce type d'annonces, la messagerie rose, les sites Internet. Donc, inutile de te rendre à Beaubourg. Sauf, bien évidemment, si tu es un amateur de Balthus. Et si ton enquête te laisse un peu de temps libre.

Au fait, comment avance-t-elle, cette enquête ? Toujours au ralenti ?

COMMISSAIRE JOFFRE À AGATHE

Le 8 février

Je dois reconnaître que tu as marqué pas mal de points ces temps-ci. Tes deux dernières nouvelles ont magistralement brouillé les pistes. Il m'est de plus en plus difficile de discerner le vrai du faux dans tes écrits. Les frontières entre fiction et réalité – « délire » et réalité, devrais-je dire – y sont de plus en plus ténues.

Autrement dit : j'en ai assez de tes conneries.

Je ne sais pas si « L'homme des Beaux Jours » existe – j'aurais tendance à croire que non puisque tu m'assures du contraire – mais si jamais cet homme s'avère être de chair et de sang, j'espère de tout cœur qu'il retournera le poignard contre toi. Je prie le ciel – ou les démons de l'enfer – pour que ce type soit un dégénéré, un pervers, mieux, un violeur en série et qu'il t'en fasse baver.

Maintenant que je me suis défoulé – un peu, pas assez à mon goût –, je reviens à l'essentiel.

L'enquête.

Nouvelle information, d'une importance capitale : Antoinette Duchemin était effectivement une fausse identité. Tu te nommes en réalité Alice Darrieu. Antoinette, Alice, ces deux prénoms commencent par un A et j'ai donc eu du flair en choisissant un pseudonyme débutant également par un A.

A comme Atroce, Affreux, Abominable... ASSASSIN.

Penchons-nous un peu sur cette Alice Darrieu. Qui est-elle au juste ?

• *11 janvier, aux environs de midi*

Sartrouville. Un modeste pavillon de banlieue, typique des habitats d'ouvriers construits au début du siècle passé. Un pneu erre sur un étroit carré de pelouse envahi de mauvaises herbes, deux sacs-poubelles à moitié éventrés constituent le seul et unique décor du jardinet laissé à l'abandon qui entoure la maison. Je sonne. Bien que le portail soit entrouvert, je préfère attendre l'accord du propriétaire des lieux pour entrer. C'est un chat qui répond à mon coup de sonnette, un joli chat de gouttière qui s'avance vers moi et me fixe de ses magnifiques yeux verts un rien étonnés. J'attends encore quelques instants avant de me décider à pousser le portail. Le grincement des gonds attire deux autres chats, un angora et un persan. Pas sauvages pour un sou, ils se frottent contre mes jambes en ronronnant.

Je monte les marches d'un perron et frappe plusieurs fois à la porte sans obtenir de réponse. Je commence à douter des renseignements qui m'ont conduit ici. Le chat angora saute sur la poignée, la fait pivoter et m'ouvre la porte. Je pénètre dans un sombre couloir qui dessert une pièce sur ma droite. J'y aperçois un vieil homme assoupi dans un fauteuil, devant un poste de télévision dont le son a été coupé.

– Monsieur Lansry ?

Je me racle la gorge afin d'affermir ma voix.

– Monsieur Lansry, s'il vous plaît ?

Le vieil homme ouvre les yeux et sursaute en portant la main à son cœur.

– Pardonnez-moi, je suis désolé de vous avoir fait peur. J'ai sonné, mais vous n'avez pas répondu et ce sont vos chats qui...

– Oh ! Je me suis endormi, s'exclame le vieil homme d'une voix faible sans s'adresser à moi en particulier. Quelle heure est-il ?

– Midi environ.

Il secoue la tête d'un air dépité, se lève avec quelque difficulté et va éteindre la télévision.

– Vous êtes ? me demande-t-il enfin.

Je ne sais pourquoi, je n'ai aucune envie de lui dire que je suis policier. Ça risquerait de l'effrayer.

– Je suis un ami d'Alice, dis-je sans réfléchir davantage. Elle... Elle est pas mal occupée en ce moment et m'a prié de passer prendre de vos nouvelles.

Je m'aventure peut-être un peu trop : est-ce que, entre deux meurtres, tu aurais eu le temps de lui rendre visite ? On ne sait jamais...

Son visage s'éclaire aussitôt. Il me fait signe de m'asseoir près de lui.

– Est-ce qu'elle va bien au moins ?

J'acquiesce.

– Elle en a si peu, des amis, Alice. Comment vous êtes-vous connus ?

– Eh bien...

Je ne peux me permettre d'hésiter trop longtemps sous peine d'éveiller la méfiance du vieil homme. Il faut que j'enchaîne. Et vite.

– Nous nous sommes rencontrés par l'intermédiaire d'un forum de discussion consacré à la littérature policière sur Internet. Nous partageons la même passion.

– Ah ! Je vois ! dit-il en hochant la tête.

Mais il ne voit rien du tout, le pauvre. Il n'y a qu'à jeter un rapide coup d'œil sur la pièce dans laquelle nous nous tenons pour deviner qu'il n'a pas la moindre idée de ce qu'est Internet, encore moins la littérature policière. Il vit dans son monde. Seul avec ses souvenirs et ses chats qui, tandis qu'il médite, sautent sur ses genoux et réclament ses caresses avec force ronronnements.

– Et vous vous voyez souvent ? demande-t-il.

– Non, pas assez à mon goût.

– Ça ne m'étonne pas. Elle est tellement secrète, Alice ! précise-t-il en soupirant. Moi non plus, elle ne vient pas me voir très souvent. Oh ! Je ne le lui reproche pas, c'est une bonne fille. Quand elle vient, elle apporte plein de provisions, fait le ménage, s'occupe de moi, mais... Elle ne me raconte rien. Elle se confiait beaucoup plus à sa mère. C'est normal, après tout.

Son regard dérive vers une photo posée sur une commode. Celle d'un couple d'une trentaine d'années environ. L'homme, c'est lui, plus jeune, et la femme, à ses côtés, devait être son épouse.

J'observe le reste de la pièce.

Une photo de toi, Agathe/Alice, si seulement je pouvais trouver une photo de toi !

Le vieillard demeure silencieux, perdu dans ses pensées.

– Je ne savais pas qu'Alice était si solitaire, dis-je enfin.

– Elle l'est beaucoup trop et parfois, ça m'inquiète. Elle n'a guère eu qu'une seule amie ces temps-ci. Une jeune femme très bien, je ne me rappelle plus son nom. Elle l'a rencontrée il y a deux ans à peu près et elles sortaient ensemble assez fréquemment. Malheureusement, je crois qu'elles se sont perdues de vue. Alice n'est pas venue me rendre visite depuis plus de six mois. Elle est toujours en voyage. Elle travaille beaucoup, gagne beaucoup d'argent. Elle en a fait du chemin, vous savez ! ajoute-t-il en souriant avec fierté. Pourtant, mon épouse et moi n'avions pas les moyens de lui payer des études. Mais elle s'est débrouillée toute seule et elle s'en est sortie... Elle me téléphone de temps en temps, elle essaie toujours de me convaincre de déménager, elle veut absolument m'acheter un bel appartement...

Son sourire s'élargit, comme s'il s'adressait à toi, comme si tu étais devant lui. La mérites-tu, cette tendresse ?

Il a de beaux yeux bleus, aussi grands que ceux de ses chats, un visage d'une infinie douceur.

– Peut-être savez-vous ce qu'elle fait en ce moment, où elle se trouve ? reprend-il.

– À vrai dire, je ne l'ai pas vue depuis longtemps, elle n'a jamais été très bavarde avec moi non plus et je pense qu'elle a dû changer de numéro de portable récemment, car celui que j'ai n'a plus l'air d'être en service. Vous n'auriez pas le nouveau par hasard ?

Mon cœur bat à tout rompre. Je joue un coup de poker.

Je n'ai pas trouvé de photo de toi, mais un numéro de portable, ce serait le rêve ! C'est si inespéré que je n'ose pas y croire.

Le vieil homme se lève et va fouiller dans un tiroir dont il sort une feuille de papier. J'aperçois une liste de chiffres qui ressemblent à des numéros de téléphone. Mon rythme cardiaque s'affole.

– Regardez ! Quand je vous disais que c'est une bonne fille ! Elle m'a inscrit sur cette feuille les numéros d'urgence que je dois appeler en cas de besoin, mais pas le sien ! Elle dit que c'est trop cher, le téléphone, alors c'est elle qui m'appelle !

Voilà, mon espoir part en fumée.

Un silence s'installe, ponctué par les ronronnements des chats qui vont et viennent dans la pièce, le tintement d'une assiette posée sur la table que l'un d'eux frôle de la queue en passant.

– C'est bien qu'Alice ait un ami. Je suis content de l'apprendre, reprend M. Lansry.

> *Cet homme et sa défunte épouse ont dû être très bons pour toi, Agathe. (Je n'arrive pas encore à t'appeler Alice, question d'habitude.) Ce vieillard t'aime sincèrement et je ne peux me résoudre à lui avouer que tu es une dangereuse criminelle. Que j'enquête pour t'arrêter, que je dois lui poser toutes sortes de questions et perquisitionner chez lui.*

Non, je n'y arrive décidément pas. Alors je me lève dans l'intention de prendre congé. Je tâcherai de revenir, mieux préparé à tout déballer. Ou j'enverrai une équipe pour exécuter la sale besogne.

– Attendez, me dit-il, comme je me dirige vers la porte. Je vais être hospitalisé demain, on doit m'opérer d'une hernie. Si jamais Alice ne me téléphone pas d'ici là, elle ne saura pas où me joindre et risque de s'inquiéter. Et puis aussi...

Il se lève, se dirige vers un buffet, ouvre le premier tiroir et en sort une lettre qu'il me tend.

– C'est son courrier, me dit-il. Elle en reçoit si peu ! Cette lettre est là depuis le mois d'octobre. Je crois, d'après l'écriture, qu'elle vient justement de la jeune femme dont je vous parlais tout à l'heure. Peut-être veut-elle reprendre contact avec Alice ? Je vous la confie, donnez-la-lui si vous la voyez avant moi, et dites-lui que je suis à l'hôpital.

J'empoche la lettre et lui serre la main, sans pouvoir ajouter un mot.

Je ne sais pas de qui est cette lettre, je n'ai aucune idée de son contenu, mais je tiens là – peut-être ? – un précieux butin. Je ne repars donc pas bredouille.

J'espère que l'opération de M. Lansry, qui n'est autre que ton père adoptif, se passera bien. Je suppose que tu ne prendras pas le risque de lui rendre visite à l'hôpital, n'est-ce pas ?

Oui, je sais, tu t'impatientes : il est temps que je t'explique comment je suis parvenu jusqu'à lui.

Je ne pense décidément pas que *L'homme des Beaux Jours* existe (et tant mieux pour lui, vu les circonstances). Il n'aura ainsi guère eu l'occasion d'apprécier ton charme. Cependant, j'ai rencontré un autre homme qui, lui, a été frappé par ta beauté.

Depuis ta lettre du 16 novembre, je n'ai cessé de réfléchir à la définition de l'agate, la pierre, que tu m'avais soumise comme un indice sur la couleur de tes yeux.

« Agate, roche siliceuse, variété de calcédoine, divisée en zones concentriques de colorations diverses. »

La calcédoine ? Qu'est-ce que c'est que ça, la calcédoine ? me suis-je demandé dans un premier temps. J'ai appris qu'il s'agissait d'une silice utilisée en joaillerie dans l'Antiquité. Sa couleur ? Il y en a quatre. Elle est brune, verte, noire ou rouge orangé. Tu précisais dans ce même courrier que la couleur de tes yeux « était originale et te conférait quelque chose d'indéfinissable dans le regard, un charme particulier. » Bon, des yeux bruns, verts ou noirs, cela n'a rien d'original. Restait le rouge orangé. Et là, franchement, ça ne collait pas. Avoir des yeux rouges, ce n'est pas très attrayant, c'est plutôt un sérieux handicap.

Une femme aux yeux rouges serait répertoriée dans le *Livre des records* ou dans un catalogue de monstres, mais pas au hit-parade des sex-symbols. J'ai fini par laisser tomber ces élucubrations vides de sens, en me disant qu'une fois de plus, tu ne m'avais fourni qu'un faux indice.

Je me fourvoyais. J'ai enfin résolu l'énigme. Grâce à deux personnes.

Un certain Pierre Carel tout d'abord.

Inutile de chercher, tu ne connais pas ce nom, tu ne peux lui attribuer un visage. Je vais t'aider. Si je te dis que cet énigmatique M. Carel avait à l'époque où tu l'as connu, entre vingt et vingt-cinq ans, qu'il était grand, assez costaud, est-ce que tu vois un peu mieux de qui je veux parler? Non? Toujours pas? Si j'ajoute qu'il ne se déplaçait qu'en moto?... Ah! Tu commences à deviner. Je ne te ferai pas languir plus longtemps.

Pierre Carel est coursier de profession. Il transporte des objets, des lettres, des plis. En 2004, il a travaillé pour les Éditions Fouchet. Il prenait ou apportait des manuscrits rue Jean-Pierre Timbaud, chez Antoinette Duchemin (Alice Darrieu, de son vrai nom).

Antoinette le faisait souvent entrer chez elle. Elle lui offrait même un café pour l'aider à patienter. Car, lectrice assidue et consciencieuse, elle avait toujours quelques notes de dernière minute à ajouter au rapport de lecture qu'elle devait lui confier. Pierre Carel n'étant pas insensible au charme féminin, la belle Antoinette avait attiré son attention.

Si son coup de sonnette la réveillait dans la matinée, alors qu'elle avait travaillé une bonne partie de la nuit, Carel la trouvait affublée d'une robe de chambre. En d'autres occasions, elle se présentait à lui, habillée et maquillée. Mais jamais elle ne portait de lunettes noires en ce temps-là (comme elle l'a fait par la suite). Si bien que le jeune Pierre avait été frappé par son regard. Un regard étrange, un peu trop fixe. Selon ses dires « on avait du mal à discerner s'il se posait sur vous ou pas, mais il était très beau ».

Antoinette avait un œil noir et un œil bleu.

Avoir des yeux vairons est une particularité assez rare. À l'exception de David Bowie, pour ma part, je ne connais personne qui présente cette originalité.

Il se précise sacrément, là, mon portrait-robot ! Sacrément !

De plus, comme je suis un policier consciencieux, j'ai cherché à avoir confirmation de ce témoignage qu'on pouvait ne pas considérer comme fiable à cent pour cent.

Retour à ce fameux salon du livre de Paris, ma chère auteure, où tu n'as pas brillé lors d'une séance de dédicaces ou une conférence érudite, mais par l'envoi d'une tarte à la crème sur une directrice de collection.

Mes hommes ont fini par mettre la main sur le procès-verbal rédigé à l'époque suite à la plainte qui avait été déposée pour entartage. Certes, le P.-V. ne donnait pas de description physique, mais il déclinait l'identité de l'agresseur, soit une certaine Alice Darrieu, que les services de police connaissaient bien, car c'était une jeune délinquante multirécidiviste.

Nous poussons les recherches un peu plus et découvrons qu'Alice est une enfant de la D.D.A.S.S., une orpheline, placée en maison d'accueil chez M. et Mme Lansry.

Voilà, je n'ai plus aucun secret pour toi, chère Agathe/Alice.

C'est ainsi que j'ai pu rencontrer ton père adoptif et je ne mens pas en affirmant que je me suis pris de sympathie pour lui. J'entre, en quelque sorte, dans ta famille. Je connais ton passé, ton portrait-robot est pratiquement achevé.

Est-ce que tout cela ne signifierait pas, par hasard, que notre rendez-vous final approche ? À grands pas ?

P.-S. Il faut prendre une décision concernant ton prénom. Dois-je t'appeler Alice ? Ou continuer sur Agathe, en considérant que c'est désormais ton nom de plume, ton pseudonyme ?

Au fait, j'ai appelé l'hôpital Raymond-Poincaré. Il y a eu un souci durant l'opération de ton père. Au téléphone, comme je n'étais pas de la famille, l'interne de service a refusé de m'en dire plus. Il faudrait que je trouve le temps d'aller sur place pour savoir ce qu'il en est. Je le voudrais bien, mais avec cette enquête qui m'occupe à temps complet...

J'espère de tout cœur que ce n'est pas grave, pourtant... Il est vrai qu'à cet âge-là, une anesthésie générale comporte toujours des risques.

ALICE AU COMMISSAIRE JOFFRE

Le 10 février

Tu vois, c'est à ton tour de marquer des points. Tu as fini par me démasquer. Oui, Alice Darrieu est ma véritable identité.

Tu as rencontré mon père et j'en suis très émue. J'ai été touchée par la délicatesse avec laquelle tu rapportes l'entretien que tu as eu avec lui, la façon dont tu l'as perçu, le fait que tu ne lui aies pas révélé ce qui t'amenait. Ce que je prenais dans tes premiers courriers pour un excès de sensiblerie ou une tendance à la pleurnicherie est, de fait, une réelle sensibilité. J'étais prête à me montrer reconnaissante, à renoncer à ce que tu découvriras bientôt, mais tu as tout gâché par ton post-scriptum.

J'avoue que ta ruse a failli marcher. J'ai cru que les jours de mon père étaient réellement en danger et j'ai appelé l'hôpital – en prenant soin d'écourter la communication pour éviter d'être repérée. J'ai eu ainsi confirmation qu'il allait bien, qu'il n'y avait pas eu le moindre problème pendant l'opération.

Cette sournoise insinuation de ta part est-elle consécutive à l'épisode Debreuil ? Il faut ajouter la rancune à la liste de tes défauts. En tout cas, inutile de mobiliser des policiers en civil près de la chambre de mon père ou dans les couloirs de l'hôpital, je ne m'y rendrai pas, bien que j'en aie terriblement envie. J'aurais aimé lui dire adieu.

Mais notre rendez-vous approche. Tu es entré dans ma famille, dis-tu. De mon côté, j'ai également fait irruption parmi les tiens. Depuis pas mal de temps déjà. Pauvre Nathan, tu ne sembles même pas t'en être douté jusqu'à présent !

Je travaille d'arrache-pied à la préparation de mon dernier meurtre. Je n'aurai droit au titre de tueuse en série que lorsque je pourrai compter trois victimes à mon actif. Cette troisième victime est choisie depuis longtemps. Elle a toujours été ma principale proie, celle que j'ai attirée dans mes filets avec acharnement, patience et lenteur, telle une araignée tissant sa toile et guettant le moment où un insecte s'y faufilera. C'est d'ailleurs à cause d'elle qu'au dernier moment, j'ai renoncé à tuer « L'homme des Beaux Jours. » J'ai abrégé mon rendez-vous avec lui. J'ai compris que je ne devais pas me disperser, gaspiller mon énergie.

À présent, il n'est plus question d'écrits. Tu n'es pas sensible à mon talent d'auteure, tu vas l'être à mon talent de meurtrière. Je veux être – je vais être – la criminelle qui marquera ta carrière.

Il va me falloir du courage pour aller au bout de ce que je compte accomplir, car je n'ai pas l'intention de survivre à ma dernière victime.

Il va t'en falloir aussi. Beaucoup, beaucoup de courage et de force.

Tu vas m'en vouloir, Nathan. Tu vas réellement me haïr cette fois. Le choc sera terrible.

Ceci est ma dernière lettre, tu l'auras compris.

À toi
pour l'éternité.
Alice

COMMISSAIRE JOFFRE À ALICE

Le 11 février

Je sors de chez moi plus tôt que d'habitude. La nuit a été courte et agitée. Bribes de sommeil troublé de cauchemars ou de visions incongrues, se soldant par une insomnie complète, occupée à rassembler tous les éléments de l'enquête.

Arrivé au parking, je ne trouve pas ma voiture. Ai-je négligé de l'y garer hier soir ? Je n'en n'ai pas souvenir. Premier tour que me joue la fatigue. Je quitte le parking et j'erre dans les rues du quartier à la recherche de mon véhicule, avec la désagréable sensation d'évoluer en territoire inconnu.

Le jour n'est pas encore levé, un épais brouillard s'est étendu pendant la nuit et tarde à se dissiper, accentuant le froid mordant de cette aube glaciale. Je frissonne, presse le pas, tourne à droite, à gauche, tenaillé par cette curieuse impression d'être un étranger dans mon propre quartier. Je repère enfin ma voiture, m'en approche avec soulagement, mais mon répit est de courte durée : je découvre que les pneus sont crevés.

Qui est l'auteur de cette sinistre blague ? Ce ne sont pas les quelques jeunes traînards plutôt inoffensifs qui peuplent ma banlieue. Tout le monde sait, dans le coin, que je suis flic, une telle provocation serait ridicule.

Alors, peut-être est-ce…

Au moment où cette pensée me traverse l'esprit, je prends conscience que la sensation de malaise qui ne me lâche pas depuis que j'ai quitté mon domicile est due au fait que quelqu'un me suit. Oui, c'est parfaitement clair à présent, j'entends un pas se caler sur le mien, accélérer lorsque j'accélère, ralentir lorsque je ralentis, s'arrêter lorsque je m'arrête.

C'est elle. J'en suis persuadé.

Un rapide coup d'œil jeté par-dessus mon épaule confirme mes soupçons. Une femme est là, derrière moi. Elle porte des lunettes noires et ce détail est à lui seul une preuve. Sa silhouette correspond au portrait-robot que les spécialistes sont en train d'achever et que nous allons divulguer dès aujourd'hui. Ce ne sera peut-être plus nécessaire, maintenant. Si c'est bien elle.

Si j'arrive à l'arrêter, là, tout de suite. Si je parviens à lui régler son compte une bonne fois pour toutes.

Mon cœur s'emballe. J'ai tellement attendu ce moment. Je suis pris d'un tremblement que j'ai peine à maîtriser, une brusque suée inonde mes aisselles et trempe ma chemise dont le tissu se colle à ma peau, accentuant mes frissons. Je fourre les mains dans mes poches. J'y palpe les menottes. Le contact glacé de l'acier me rassure, tempère quelque peu cette manière de fièvre qui m'agite. Je glisse rapidement la main gauche sous mon blouson afin de vérifier la présence de l'étui enfermant l'arme de poing dont je n'hésiterai pas à me servir en cas de besoin.

Je m'arrête à un feu, feins d'attendre qu'il passe au rouge. Elle me talonne toujours, ne se trouve plus qu'à quelques mètres de moi.

Comment va-t-elle s'y prendre ? Va-t-elle m'aborder par une de ces formules alambiquées qu'elle affectionne ? Ou mettre à exécution les menaces de sa dernière lettre ? Avec quoi compte-t-elle me tuer ? Un revolver dissimulé dans son sac ? Un poignard ? Glissé dans la pseudo-canne blanche qu'elle tient à la main, croyant ainsi se faire passer pour une aveugle ?

L'heure n'est plus aux questions.

C'est le moment d'agir.

Je me retourne brusquement, me rue sur elle et la plaque sur le capot d'une voiture en stationnement, si violemment que le choc de son buste contre la carrosserie résonne outrancièrement dans la rue silencieuse. Elle hurle d'une voix stridente, les badauds se regroupent très rapidement autour de nous. (D'où sortent-ils donc ? Quelques minutes auparavant, la rue paraissait déserte.) Je lui passe les menottes, la tire par les cheveux dans l'espoir de lui arracher sa perruque, mais elle n'en porte pas aujourd'hui et c'est une poignée de véritables cheveux qui me restent dans la main. Mon corps étroitement collé au sien pour l'empêcher de résister, j'empoigne sa tignasse à pleines mains en lui renversant la tête. Il me suffirait d'accentuer légèrement ce mouvement pour lui rompre le cou. J'ai du mal à m'en empêcher.

Je dois maintenant lui retirer ses lunettes noires afin de la démasquer, de voir enfin ses yeux. Ses fameux yeux vairons. Je ne me rends même pas compte que dans la brutalité de mon agression – car c'en est une – ses lunettes sont tombées par terre depuis un bon moment, dévoilant… des yeux blancs, sans regard. Aveugles.

Cette fille n'est pas celle que je cherche.

La pauvre femme hurle sans discontinuer, piquant une véritable crise de nerfs. Il y a de quoi, sa réaction n'est pas disproportionnée. Pour ma part, je reste paralysé, ahuri, sans voix. Je ne sais plus où me mettre, j'aimerais disparaître, comme ça, d'un simple coup de baguette magique.

J'ai perdu la tête. J'ai perdu tout contrôle.

Je finis par m'extirper de ma torpeur et j'exhibe mon insigne afin de disperser les badauds. Une fois la voie dégagée, je hèle un taxi. Direction mon bureau pour : un, tenter de m'excuser auprès de cette étrangère que j'ai violentée sans aucune raison ; deux, trouver un psychologue en mesure de l'aider à réparer le traumatisme que j'ai provoqué ; et trois, lui expliquer la situation pour la convaincre de ne pas porter plainte. Du moins pas tout de suite. Je n'ai besoin que de quelques heures pour boucler l'enquête. Après, peu importe qu'on me pénalise en m'envoyant régler la circulation.

✉

• *11 février. 19 heures 30*

Si lamentable soit-il, cet incident m'a fait du bien. Je me suis dégagé d'un poids qui oppressait ma poitrine en permanence. Je me suis défoulé. J'ai fini par lâcher mon agressivité envers toi, Alice – même si c'était par personne interposée, même si j'ai commis une grave erreur. Curieusement, je me sens maintenant libéré. Comme si je m'étais vidé d'un poison qui me rongeait les sangs.

Je n'ai plus rien à faire de tes menaces, quelles qu'elles soient. Ce n'est que de l'esbroufe. Ton portrait-robot a été diffusé dans tous les commissariats. Le résultat d'une dernière recherche va me mener à toi sous peu. Ton arrestation est cette fois imminente.

Maintenant, si tu comptes te suicider avant notre rencontre, soit, je n'y vois pas d'inconvénients.

CHEMINS NOIRS
COMMUNIQUÉ DE LA RÉDACTION

Chers lecteurs,

Vous avez été très nombreux à réclamer la poursuite de *La correspondance Joffre/Agathe*, interrompue brutalement pour des raisons indépendantes de notre volonté. Les circonstances nous permettent de révéler aujourd'hui que ces textes n'étaient pas de la fiction, mais le récit d'une véritable enquête.

Certains d'entre vous l'auront d'ailleurs déjà compris, s'ils ont lu parallèlement la presse et appris par ce biais que le fils du commissaire Nathan Joffre a été victime de la tueuse en série avec laquelle son père correspondait via notre revue, Alice Darrieu (alias Agathe) qui elle-même a mis fin à ses jours après son horrible forfait.

Nous n'en savons guère plus pour l'instant que nos confrères journalistes, le commissaire Joffre ne nous ayant pas contactés depuis la tragédie qui l'a frappé – et nous le comprenons parfaitement. Thomas Joffre est actuellement hospitalisé. Souffrant d'un coma toxique, son état est jugé critique.

Si nous avons été fiers que notre revue serve de support à l'enquête du commissaire, nous regrettons une aussi triste issue et profitons de ce communiqué pour transmettre à Nathan Joffre nos plus vifs encouragements pour traverser au mieux cette rude épreuve.

COMMISSAIRE JOFFRE

Le 5 mars

J'ai un travail à finir. Une sorte de dette envers vous, lecteurs de *Chemins noirs*, vous qui avez été si nombreux à me témoigner votre soutien – ce dont je vous remercie vivement.

Je reprends donc la plume et poursuis le journal de l'enquête, là où il a été interrompu.

Après tout, j'ai été contraint à enquêter en écrivant durant ces derniers mois, n'est-ce pas ?

• *11 février, 19 heures 45*

Je me suis fourvoyé en croyant que les menaces d'Alice me visaient. Après tous les pièges qu'elle m'a tendus, je n'y vois plus clair. J'ai agressé une innocente, invalide de surcroît, commettant une erreur impardonnable.

Mais le pire est encore à venir.

Je prends conscience de l'ampleur de ma méprise en relisant la lettre que m'a confiée M. Lansry, son père adoptif, l'avant-veille. Il m'avait alors précisé qu'elle provenait d'une amie de sa fille. Le courrier est daté du 10 octobre, la signature, indéchiffrable, mais trois lignes se détachent de l'ensemble et leur lecture me porte un coup de poignard en plein cœur : il y est question d'un studio qu'Alice aurait visité dernièrement rue de Rome. Son amie veut savoir s'il lui a été attribué.

Rue de Rome, c'est le domicile de mon ex-femme, celui de Thomas. Comment n'ai-je pas compris plus tôt ? Comment n'ai-je pas réagi au courrier du 28 décembre où Agathe évoquait la rue où elle habitait comme ayant un nom à « consonance méditerranéenne » ? Elle y précisait que son quartier « chantait », suggérant ainsi la proximité du conservatoire de musique...

Et en parlant de musique, les paroles de la chanson composée par mon fils le 31 décembre au soir me reviennent aussitôt en mémoire : « Tes yeux ressemblent à des étoiles. L'une est allumée, l'autre demeure éteinte. » Une image pour désigner des yeux vairons.

Avant d'admettre ce que je refuse encore de croire, je vérifie une dernière chose. Au début de ma correspondance avec Agathe, j'avais évoqué un détail que j'avais ensuite passé sous silence pour ne pas éveiller ses soupçons : le paquet de cigarettes, laissé à Nelly Barnes à l'hôpital, avant son assassinat. Il portait une inscription griffonnée en hâte : 8B55. À l'évidence, il s'agit du code d'entrée d'un immeuble et les recherches pour trouver l'adresse correspondante arrivent à leur terme. Un collaborateur doit m'appeler d'une minute à l'autre.

Inutile d'attendre son appel.

Je fouille dans mes papiers personnels, et – non sans mal tant je tremble – parmi un fatras de post-it et de papiers libres que j'utilise pour noter une information donnée par téléphone, je déniche un bout de papier où ce même code est écrit, de ma propre main. La mère de Thomas me l'avait communiqué lorsqu'elle avait emménagé, mais, mon fils préférant se déplacer par ses propres moyens et non plus attendre que je vienne le chercher comme lorsqu'il était plus jeune, je n'ai jamais eu à m'en servir et ne l'ai donc pas mémorisé.

J'ai l'impression d'avoir manqué à tous mes devoirs, celui de policier, comme celui de père. Mais les lamentations ou les mea culpa sont désormais vains.

J'appelle aussitôt mon fils sur son portable, je n'obtiens que la messagerie, impossible de le joindre. Je suis incapable de lui laisser le moindre message de mise en garde, tant la panique me fait perdre mes moyens. J'appelle mon ex-femme, qui m'apprend qu'elle a donné à Thomas l'autorisation d'aller au cinéma avec sa voisine. Soit avec Alice. J'envoie des hommes dans tous les cinémas du XVIIe arrondissement et des environs.

Quant à moi, je fonce rue de Rome.

Personne dans la chambre de mon fils. J'y trouve un mot, par terre, glissé sous sa porte : « Viens me rejoindre à 19 heures, c'est mon anniversaire ce soir, on va fêter ça ensemble. » Si jamais j'avais encore un doute, un espoir, il part en fumée : je reconnais l'écriture comme étant celle des annotations en marge du manuscrit que m'a confié Joe Jones au début de mon enquête.

Tout concorde. Absolument tout.

Je force la porte du studio voisin, là où habite Alice Darrieu. J'espère y trouver quelque chose – je ne sais pas quoi au juste, un *Officiel des spectacles* ouvert sur une page indiquant le film choisi, l'écran d'un ordinateur affichant le site Internet d'un cinéma – qui me permettra peut-être de gagner du temps.

Peine perdue. J'arrive trop tard.

Mon fils est là, allongé au sol, sans connaissance. Près de lui se trouve le corps d'Alice Darrieu. Les restes d'un repas traînent sur une table qui, par ailleurs, a été renversée avec une partie de son contenu. Qu'est-ce qui s'est passé ? Y a-t-il eu une lutte entre eux ? Mon fils se serait-il débattu ? Mes derniers réflexes d'enquêteur fonctionnent malgré moi et me soufflent que la table a été renversée, non pas suite à une lutte, mais parce que l'un ou les deux corps à la fois ont chuté violemment. Les restes du repas, eux, me disent que… J'ai beau essayer de rejeter la conclusion à laquelle j'aboutis, elle s'impose, évidente, imparable.

Il y a eu empoisonnement.

Alice m'avait prévenu que je la trouverais morte à côté de sa dernière victime.

Cependant mon fils respire encore. Il est transporté d'urgence à l'hôpital Fernand-Widal où les médecins confirment qu'il a absorbé un poison très dangereux. Ils ne peuvent se prononcer sur ses chances de survie. Alice, elle, est morte sur le coup.

Pendant les jours qui suivent, je reste au chevet de Thomas, rongé par l'angoisse, le chagrin et la culpabilité. Pour moi, c'est la fin. Après tous les courriers que j'ai été amené à rédiger au cours des dernières semaines, je n'ai désormais plus qu'une lettre à écrire, celle qui officialisera ma démission de la police. Je ne veux parler à personne d'autre qu'aux médecins. Mes collaborateurs respectent mes exigences. De toute façon, l'enquête est close, puisque la meurtrière que nous traquions est morte.

• *15 février*

Je ne peux pas surmonter cette épreuve. Je ne peux pas envisager la possibilité que mon fils décède. Je n'y suis pas préparé. Les mots sont vides de sens pour exprimer ce que j'éprouve.

• *17 février*

« État stationnaire », les médecins n'ont guère que ces deux mots à la bouche.

Je tremble chaque fois que je foule le seuil de l'hôpital. J'envisage le pire sitôt qu'une infirmière me demande de patienter avant de me permettre d'entrer dans le service.

J'ai si peur que le téléphone sonne en pleine nuit que je ne ferme pas l'œil.

• *18 février*

Statu quo.

J'ai assisté à un drame aujourd'hui. Je patientais pour entrer dans le service, comme chaque après-midi – j'arrive toujours en avance sur les heures de visite – lorsque j'ai entendu un cri déchirant. Peu de temps après, une femme est sortie du service. En larmes, soutenue par deux infirmières, terrassée par le chagrin, elle hurlait son désespoir. Son mari, hospitalisé dans la chambre voisine de celle de Thomas, venait de décéder. J'ai à la fois éprouvé une immense compassion pour elle et un étrange sentiment de soulagement, comme une forme de lâcheté. « C'est tombé sur son mari, me suis-je dit spontanément, ça signifie peut-être que Thomas, lui, va s'en sortir. »

Comme si la mort était une loterie.

• *19 février*

Thomas est enfin sorti du coma. Les médecins affirment que ses jours ne sont plus en danger, ils ne peuvent cependant se prononcer sur d'éventuelles séquelles. Il est encore à moitié inconscient, alterne de rares moments de veille avec de longues phases de sommeil pendant lesquelles une forte fièvre le fait délirer. Il prononce alors des mots confus, des bribes de phrases incompréhensibles, ponctués par des cris ou des gémissements. Parfois – souvent – un nom se détache clairement : « Alice ».

Thomas aura-t-il le souvenir précis de ce qui s'est passé en se réveillant ? Si tel est le cas, aurai-je le courage, pour ma part, de lui avouer la vérité ?

• *20 février*

Thomas est encore très faible, mais le plus dur est passé. La fièvre est tombée. Il ne sombre plus dans ces impressionnantes phases de délire. Les médecins se montrent plutôt optimistes. Il devrait s'en sortir indemne, du moins sur le plan physique. Restera à panser les plaies psychologiques, le traumatisme qu'il a subi.

Si Thomas demeure silencieux, apathique la plupart du temps, je sens par moments – par le biais d'un regard, d'un geste amorcé, d'un raclement de gorge – qu'il a envie de me parler. Moi aussi j'aimerais lui parler, mais je connais par avance la question qu'il va finir par me poser et je m'efforce de retarder l'échéance.

Pas longtemps, hélas.

– Papa ?

Thomas repousse le plateau-repas que je viens de poser sur son lit.

– Oui ?

– Qu'est-ce qui est arrivé à Alice ?

– Eh bien…

Je n'arrive pas même à entamer une phrase. Que dire ? Par où commencer ?

– Elle est morte, n'est-ce pas ?

Thomas va droit au but et me contraint ainsi à ne pas mentir. J'acquiesce.

Il hoche doucement la tête, comme s'il me remerciait de ma sincérité puis, d'un geste nerveux, il saisit son portable, posé sur la table de chevet. Comme il l'allume, je m'apprête à lui demander de l'éteindre – il y a encore une batterie d'appareils électriques dans sa chambre – mais je comprends qu'il n'a pas l'intention de passer un coup de fil. Il contemple la photo qui s'affiche sur l'écran du portable.

Celle d'Alice.

À cet instant précis, mon manque de perspicacité et l'échec de mon enquête me paraissent plus cuisants que jamais. Cette photo, je l'ai cherchée partout, j'espérais la trouver chez M. Lansry, j'ai tenté par tous les moyens d'établir un portrait-robot à partir d'indices piochés çà et là, alors qu'il me suffisait d'allumer le portable de mon fils.

Thomas demeure immobile, les yeux rivés sur l'écran. Les larmes ne viennent pas pour l'instant, mais il est évident qu'il va finir par craquer. Je ne peux pas le laisser ainsi, perdu, en plein désarroi. Je lui dois des explications. J'espère que ce que je vais lui confier atténuera un peu son chagrin.

– Écoute, tout est ma faute, je n'ai pas été assez vigilant. Je travaillais sur une affaire qui s'est avérée être un ratage complet et je n'ai pas compris à temps que tu y étais mêlé.

Je lui rapporte l'enquête, point par point, dans les moindres détails, du début jusqu'à la fin. Thomas m'écoute avec attention sans m'interrompre. Lorsque j'en ai terminé, il réfléchit un long moment, secouant la tête avec tristesse. À l'évidence, mes arguments ne l'ont pas soulagé. Je m'apprête à renchérir. Je dois le persuader qu'il n'a rien à se reprocher, qu'il avait affaire à quelqu'un de redoutablement intelligent et pervers, qu'il ne pouvait se douter qu'à travers lui, c'était moi qu'on visait... Mais il ne m'en laisse pas le temps.

– Toi, tu penses qu'Alice voulait me tuer pour te piéger, et qu'ensuite, elle s'est suicidée ? C'est ça, le topo, pas vrai ?

– Oui, c'est ça.

Il s'accorde un nouveau temps de réflexion durant lequel il s'efforce encore de refouler ses larmes.

– Ça tient pas la route, conclut-il enfin. La fille que tu cherches, c'est pas celle-là ! (Il brandit avec violence son portable sous mon nez.) Alice n'était pas une meurtrière ! hurle-t-il d'une voix qui se brise dans les aigus. C'était une fille bien ! On a partagé des moments super ensemble ! Tu te trompes ! Tu te trompes !

Les sanglots l'interrompent. Son désespoir me met à la torture. J'ai envie de le prendre dans mes bras, j'ai envie de sécher ses larmes, de l'embrasser. Mais je sais qu'il ne le supporterait pas. Je me trouve à court d'arguments pour lui faire entendre raison et le réconforter. Il ne peut pas, pour l'instant – et c'est parfaitement légitime – admettre que la fille dont il était amoureux était une meurtrière. Encore moins si c'est son père – un flic – qui le lui affirme. C'est trop dur, trop brutal.

– Très bien, dis-je enfin, si tu t'en sens la force, raconte-moi ton Alice à toi. Raconte-moi surtout ce qui s'est passé ce soir-là.

J'ai connu Alice le jour où j'étais en train de m'installer dans la chambre de bonne, au sixième étage. Maman était avec moi. Alice a frappé à la porte pour demander si on n'avait pas des fusibles, parce que chez elle, tout venait de sauter. Maman est descendue chercher ce qu'il fallait à l'appart et quand elle est revenue, elles se sont mises à discuter toutes les deux. Tu connais maman, elle a sorti sa batterie de questions : « Et comment vous appelez-vous ? Et qu'est-ce que vous faites dans la vie ? Depuis combien de temps habitez-vous l'immeuble ? », un vrai interrogatoire. Moi, j'étais plutôt gêné, mais Alice s'est prêtée au jeu gentiment. Elle lui a dit qu'elle avait fait des études de lettres, mais qu'elle voulait pas être prof, qu'elle avait pas mal voyagé ces temps-ci et que pour l'instant, elle gagnait sa vie en animant des ateliers d'écriture dans des collèges. Là-dessus, ni une ni deux, maman a enchaîné en lui demandant si ça l'intéressait de me donner des cours de soutien en français. Je me souviens que j'ai piqué un fard, je savais pas comment arrêter maman, je lui en voulais de parler en mon nom, comme ça, avec la première venue. Heureusement, Alice a coupé court, elle a dit que non, les cours, elle était pas très douée pour ça, mais par contre, qu'elle refuserait pas de me donner un coup de main de temps en temps pour mes devoirs si j'en avais besoin.

Après, je l'ai pas revue pendant plusieurs jours. Et puis, un soir où j'avais pas le moral – je m'étais encore disputé avec André – j'ai entendu de la musique chez elle, j'ai eu envie d'aller la voir. J'ai prétexté que je séchais sur une dissert et j'ai frappé à sa porte. Ensuite, j'ai plus eu besoin de trouver un prétexte pour passer la voir. On est devenus amis, comme ça, naturellement, comme si on se connaissait depuis toujours. On se voyait à n'importe quel moment, parfois très rapidement, juste pour se dire salut. Moi, avant de partir au collège le matin, elle, quand elle rentrait le soir, souvent assez tard. On avait pris l'habitude de se glisser des mots sous la porte. Du genre « Je suis rentrée, si t'arrives pas à dormir, passe me voir » ou de mon côté « Je me suis encore frité avec mon beau-père, t'es libre cet aprèm ? ».

Voilà, en gros.

Pour en arriver à ce fameux soir… C'était son anniversaire. Dans l'après-midi, elle avait glissé un mot sous ma porte pour me dire qu'elle aimerait bien qu'on passe la soirée ensemble. Je suis allé chez elle à dix-neuf heures et on a décidé de se faire une toile. Alice était encore en pyjama, assise à son bureau en train d'écrire un truc. Elle était comme ça, Alice. Elle avait jamais d'horaires, je la trouvais habillée et maquillée à huit heures du matin quand je passais la voir avant d'aller au collège, et souvent, en plein après-midi, elle traînait en robe de chambre. Enfin, bref. Elle s'est enfermée dans la salle de bains pour prendre une douche, mais quand elle est sortie quelques instants plus tard, elle paraissait contrariée.

– J'ai changé d'avis, elle m'a dit, j'ai pas envie d'aller au ciné, finalement. Je préférerais qu'on se fasse un petit dîner ici, tous les deux, aux chandelles. On va préparer des spaghettis. T'aimes ça, les spaghettis, non ?

J'ai dit O.K. Je l'ai aidée à préparer les pâtes, ensuite on a dîné, on a écouté de la musique, on a parlé. Pas beaucoup. Je sentais bien qu'il y avait quelque chose qui clochait. Elle était triste, même si elle essayait de faire comme si de rien n'était. J'ai remarqué qu'elle arrêtait pas de vérifier si son portable était bien allumé. Pas besoin de me faire un dessin, j'ai compris qu'elle attendait un coup de fil et que cette soirée d'anniversaire, elle aurait préféré la passer avec quelqu'un d'autre que moi. Bon ! C'était pas vraiment une découverte, si j'avais flashé sur elle, je me doutais que c'était pas réciproque et qu'elle devait avoir un petit copain... Donc, de son côté comme du mien, l'ambiance était pas vraiment au top. Alice s'est mise à boire du vin, en trop grande quantité. Ça a fini par me gêner. Je me suis levé et je lui ai dit :

– Si tu préfères, je m'en vais.

– Non ! Non ! Surtout pas, me laisse pas seule ! Tiens, je vais souffler mes bougies ! Je vais chercher le gâteau ! Figure-toi qu'un admirateur m'en a fait livrer un aujourd'hui, avec une bouteille de champagne, en plus !

Elle est allée dans la cuisine chercher le gâteau et la bouteille de champagne. Elle s'est servi un verre et m'a découpé une part de gâteau.

– Mange ! elle m'a dit. Moi, j'y ai pas droit, ça me fait grossir !

J'ai avalé quelques morceaux, mais ça passait pas. J'avais l'appétit coupé de la voir comme ça, si triste, en train de se saouler, parce que c'est bien ça qu'elle faisait. Après avoir vidé la bouteille de vin, elle était partie pour descendre autant de champagne, elle en avait déjà sifflé trois verres d'affilée. Elle m'a demandé de trinquer avec elle, j'ai bu quelques gorgées, mais ça m'a vite écœuré, parce qu'Alice, cette fois, elle était carrément ivre. Je me suis dirigé vers la porte pour partir pour de bon quand j'ai entendu un grand bruit. Je me suis retourné et je l'ai vue qui venait de renverser la table en tombant par terre. Je me suis précipité vers elle pour l'aider à se relever, impossible, elle bougeait pas. Ensuite, je sais plus ce qui s'est passé. C'est comme si j'avais plongé dans un immense trou noir.

• *20 février, 23 heures*

« Tu te trompes ! Tu te trompes ! » Les paroles de Thomas m'obsèdent.

Je me repasse en boucle son récit. Je ne cesse de penser à « son » Alice, telle qu'il me l'a présentée. Le portrait qu'il m'en a fait colle-t-il avec celui de la femme qui m'écrivait parallèlement ? Je ne saurais le dire pour l'instant.

Quelque chose m'incite à penser que non. Ce côté désuet, réactionnaire que je percevais dans sa correspondance – phobie de la vulgarité, critiques acerbes envers l'éducation des jeunes d'aujourd'hui – est en contradiction avec ce que m'a rapporté Thomas d'une fille spontanée, bohème, jeune d'esprit, qui a tout de suite su communiquer avec lui, un gosse de quatorze ans. Mais elle pouvait très bien se composer un personnage en écrivant. Par ailleurs, elle lui a proposé des spaghettis au champagne pour ce repas d'anniversaire, exactement comme je l'avais fait moi-même le soir du 31 décembre – et rapporté dans le courrier que je lui avais adressé.

Je ne sais plus où j'en suis. Je me pose de multiples questions et les réponses que j'y apporte me semblent insuffisantes.

Mon fils s'en est sorti, la meurtrière que j'ai traquée des mois durant est morte, je devrais être soulagé.

Je ne le suis pas. Pas du tout.

• *21 février, 3 heures du matin*

Impossible de fermer l'œil.

Alice coupable ? Alice non coupable ? Soit, en d'autres termes, Alice est-elle Agathe ? Ou Alice et Agathe sont-elles deux personnes distinctes ?

Ma seule certitude est que je dois la vérité à mon fils. Je décide donc de rouvrir l'enquête.

• *22 février*

J'ai rassemblé tous les rapports établis par mes collaborateurs lorsque j'étais au chevet de Thomas et je les ai lus avec attention. Le gâteau d'anniversaire et le champagne ont été empoisonnés à la strychnine. D'après Thomas, Alice aurait précisé – mais était-ce vrai ? – qu'un « admirateur » les lui a fait livrer. Je compte éclaircir ce point.

J'en reviens au scénario de ce soir-là : Thomas mange le gâteau, du moins il le grignote, ne se sentant pas en appétit. Alice boit du vin, beaucoup – pour pouvoir être ivre au moment où elle boira le champagne empoisonné ? Pour que son suicide soit plus facile ? Elle incite mon fils à trinquer avec elle. Il ne le fait qu'à contrecœur. Le poison agit rapidement sur Alice. Quant à Thomas, il n'en absorbe qu'une faible quantité.

Pourquoi grignote-t-il ? Pourquoi ne boit-il pas assez ? Parce qu'il se rend compte véritablement ce soir-là qu'Alice n'est pas amoureuse de lui.

En quelque sorte, c'est son amour qui lui sauve la vie.

• *23 février*

La chambre d'Alice.

Je m'apprête à la fouiller de fond en comble : papiers, relevés bancaires, factures, placards, vêtements, poubelles, messages enregistrés sur son portable, e-mails, bref, la routine. Pas tout à fait pourtant, car je ne peux m'empêcher d'imaginer les moments que mon fils a passés dans cette chambre avec elle, des moments de bonheur. Je pense également à M. Lansry, toujours hospitalisé, à qui je dois annoncer la sinistre nouvelle.

La besogne ne va pas être facile. Alice n'était pas une maniaque du rangement et j'établis aussitôt un parallèle avec le studio de Nelly Barnes. Alice et Nelly étaient toutes deux des enfants de la D.D.A.S.S. Pourquoi l'une aurait fait de l'autre sa victime ? Pour une vague histoire de vengeance, de déception professionnelle ? Je n'y crois plus. Quelque chose cloche, décidément.

• *24 février*

J'attends le complément des recherches que j'ai lancées sur Alice. J'ai confié son ordinateur à des informaticiens. Je n'y ai trouvé aucun dossier relatif à sa correspondance avec moi, mais il est fort probable qu'elle l'ait effacé. J'attends de savoir si les spécialistes pourront en récupérer une trace sur le disque dur. Mes collaborateurs enquêtent sur les personnes avec lesquelles elle a été dernièrement en contact téléphonique. Il me faut découvrir ce fameux « admirateur » qui lui aurait envoyé gâteau et champagne.

Suite à ce que j'ai trouvé dans sa chambre, je me suis déjà fait une idée de sa personnalité. Bohême, telle que Thomas me l'avait présentée, oui, elle l'était. Et bien plus encore. Oiseau de nuit, incapable de garder un emploi plus de deux jours de suite, changeant d'identité, de domicile, flambant son argent, accumulant les histoires d'amour sans lendemain, portée sur l'alcool. Pas vraiment un modèle de discipline ou d'honnêteté.

La balance penche du mauvais côté pour elle. Pourtant, en guise de contrepoids sur cette balance, il y a les sentiments de Thomas. J'en reviens toujours à mon fils. À son chagrin.

Avant d'avoir connaissance des résultats définitifs des recherches, j'émets une supposition.

Si Thomas a raison en affirmant qu'Alice n'était pas une meurtrière, son décès fait d'elle une victime, au même titre que les précédentes.

Une victime d'Agathe. Celle qu'elle visait dès le début, *sa principale victime*.

Retour à la case départ.

Qui est Agathe ?

• *25 février*

Je continue à creuser l'hypothèse Alice/victime. Je cherche une femme. Une femme proche d'Alice. Les relevés de ses appels téléphoniques ne me fournissent aucune piste. (Nulle trace non plus, d'ailleurs, du fameux « admirateur », et pourtant, gâteau et champagne ont bien été livrés.)

Alors ?

Alors... Reste cette jeune femme dont M. Lansry m'a dit qu'elle était l'amie d'Alice à une époque, qu'elles se fréquentaient régulièrement. Celle qui lui a écrit le 10 octobre pour savoir si elle emménageait rue de Rome. En tant qu'amie et confidente, Alice a dû lui livrer des informations sur sa vie : son envie d'écrire, sa haine pour les éditeurs, pour Louis Debreuil qui avait refusé son manuscrit, pour Romain Prêles qui l'avait licenciée. Des informations qu'elle a utilisées pour correspondre avec moi.

Et me piéger.

Le spectre d'Agathe revient me hanter, mais cette fois, il se précise.

COMMISSAIRE JOFFRE À AGATHE

Le 10 mars

Ma chère, très chère Agathe,

À présent, je peux l'affirmer : si Alice est morte, toi, tu cours toujours. C'est pourquoi il est indispensable que nous reprenions notre correspondance – bien que j'aie peu d'espoir d'obtenir une réponse en retour.

Pour commencer, je salue ta performance. Je reconnais que je suis tombé dans un gigantesque piège. J'ai été mis K.-O., j'ai été magistralement envoyé au tapis, tel un boxeur sur un ring. Je dois maintenant me relever et sauver l'honneur. J'ai perdu un round, mais peut-être pas le match.

J'espère que tu as lu le dernier numéro de *Chemins noirs*. Si tel est le cas, je suis sûr que tu brûles d'impatience de connaître le déroulement de l'enquête, comme avant ? J'allais dire, comme au bon vieux temps ?

Dans nos précédents courriers, je l'avais surnommé « L'homme des Beaux Jours » et, nouvelle erreur de ma part, j'ai douté à tort de son existence.

Vous vous êtes réellement rencontrés et je l'ai retrouvé.

Mes collaborateurs ont écumé les agences matrimoniales, les petites annonces des journaux spécialisés, les sites Internet, bref, ils ont réussi à joindre un dénommé Paul Barau, qui, en février dernier, avait effectivement donné rendez-vous à une jeune femme au centre Beaubourg, devant le tableau *Les Beaux Jours*. Une jeune femme prétendant se nommer Alice Darrieu.

Tu n'as rien négligé, Agathe : sans cesser de surveiller les faits et gestes d'Alice – notamment l'évolution de sa relation avec mon fils – tu as fouillé dans sa vie, violé ses secrets, son intimité. Tu savais que, souffrant de la solitude, elle avait eu recours, entre autres, à une agence matrimoniale, que tu as contactée en usurpant son identité.

Je convoque Paul Barau à Beaubourg, devant le tableau *Les Beaux Jours*, afin de le mettre dans l'ambiance et stimuler ses souvenirs quant au moment qui m'intéresse.

– La femme avec qui vous avez eu un rendez-vous en février dernier, ici même, projetait de vous tuer, lui dis-je sans autre préambule. Elle a déjà trois meurtres à son actif.

Je lui accorde quelques brefs instants pour accuser le coup. Le danger auquel il a échappé lui fait piquer une suée a posteriori.

– Votre témoignage pourra peut-être me mener à elle, inutile de vous préciser que je compte sur votre entière coopération.

– Bien sûr, je suis à votre disposition, me répond-il, mais j'aime autant vous dire d'emblée que notre rencontre a été très brève. Je ne sais pas si je pourrai vous aider vraiment.

– Que s'est-il passé exactement lors de ce rendez-vous ?

– Eh bien, je me souviens que j'étais un peu en retard, pas grand-chose, cinq à dix minutes, elle m'avait attendu. Je lui ai proposé d'aller boire un verre sur la terrasse, là-haut.

– Elle a accepté ?

– Oui.

– Alors allons-y !

Nous nous installons à la table qu'ils avaient choisie ce jour-là. Et comme eux ce jour-là, nous commandons deux cafés.

– Elle n'a pas bu son café, enchaîne Paul Barau, elle s'est par contre précipitée sur le verre d'eau qui l'accompagnait. Elle était extrêmement tendue. Comme je tentais d'engager la conversation, je lui ai posé quelques questions anodines, sur sa profession, sur ses loisirs, enfin, vous voyez, des questions banales pour faire connaissance. Mais elle ne me répondait que d'une manière très évasive, le plus souvent par oui ou par non. Dix minutes se sont à peine écoulées qu'elle s'est levée d'un bond. Elle a prétexté qu'elle allait aux toilettes et elle n'est jamais revenue… Ce qui ne m'a pas tellement surpris, d'ailleurs. Parfois, dans ce genre de rendez-vous, il arrive que l'un ou l'autre des partenaires change brusquement d'avis et décide de ne pas aller jusqu'au bout… Désolé, ajoute-t-il en constatant ma déception.

– Comment était-elle ?

– Un mètre soixante-cinq à peu près. Blonde, les cheveux ramassés en chignon. Elle portait des lunettes noires qu'elle n'a pas quittées. Ce détail m'a frappé parce qu'il n'y avait pas de soleil, même si le temps était assez doux pour un mois de février. Elle était plutôt mince… Que dire d'autre ? Je vous le répète, notre entretien n'a duré que quelques minutes.

– Est-ce que vous trouvez que cette jeune femme lui ressemble ?

Je lui montre la photo d'Alice, que j'ai récupérée sur le portable de Thomas.

– Oui, on peut dire qu'elle lui ressemble, me répond-il sans hésiter, en tout cas pour la silhouette. Mais en ce qui concerne le visage, c'est plus délicat de l'affirmer, avec les lunettes noires...

Il a raison. Je m'apprête à régler les consommations et prendre congé, mon homme n'ayant pas grand-chose d'autre à m'apprendre, quand un coup de vent fait tomber le billet que je viens de poser sur la table. Spontanément, Paul Barau se baisse pour le ramasser.

– Je pense à quelque chose, me dit-il alors, mais je ne sais pas si ça vous aidera.

– Allez-y, je suis preneur !

– Le jour de notre rendez-vous, il y avait du vent, comme aujourd'hui. Et le vent, vous savez, ça porte un parfum par bouffées. Il se trouve que je suis parfumeur. Je suis sûr qu'elle portait L'Eau d'Yssey Miyake.

C'est trois fois rien, un parfum. Mais lorsqu'on court après un fantôme, rien n'est à négliger. Pas même une vague senteur.

Mon homme – très coopératif – me propose de faire un saut jusqu'à sa boutique qui se trouve à proximité, au Forum des Halles. Là, il me fait humer un échantillon du parfum en question.

Le déclic est immédiat.

Je l'ai déjà senti, ce parfum. Une fois. Une seule fois.

COMMISSAIRE JOFFRE À AGATHE

Le 10 avril

J'ai décidé de rester fidèle à *Chemins noirs* jusqu'au bout. Ceci est ma dernière lettre, Agathe, et pour être sûr que tu la lises, j'ai demandé que ce numéro soit livré à ton nouveau domicile.

La maison de détention de Fleury-Mérogis. Où tu te morfonds dans ta cellule.

Pardon, maintenant que je sais à qui je m'adresse, il convient de revenir au vouvoiement du début. Je ne peux plus me montrer aussi familier.

« Pourquoi donc a-t-il décidé de poursuivre l'enquête ? » C'est la question que vous vous posez, n'est-ce pas ? Eh bien, d'abord parce que – par bonheur – mon fils n'est pas mort. Si tel avait été le cas, l'affaire aurait été classée, puisque Alice, sa prétendue meurtrière, s'était suicidée. Mais aussi parce que mon fils était amoureux d'elle. Et que je lui devais de respecter sa mémoire.

Dans notre correspondance, il est des points que je passais sciemment sous silence. Je peux vous les révéler à présent.

Le ton confidentiel de mes lettres n'était qu'une feinte. J'ai engagé des moyens importants sur cette enquête : une meurtrière qui s'attaque à une vieille aveugle, à une sidéenne, qui s'inspire d'un livre ayant pour thème le meurtre d'enfants, devait être mise hors d'état de nuire au plus tôt. J'avais donc posté un homme à chaque kiosque où *Chemins noirs* était en vente.

Le listing des abonnées à la revue ne nous a fourni aucune piste fiable. Parmi les acheteurs occasionnels, mes collaborateurs avaient repéré quelques femmes, peu nombreuses, qu'ils ont suivies scrupuleusement : impasse totale.

Très habile de votre part. Mais c'était sans compter sur l'hésitation que j'ai eue – et dont je vous ai fait part avec sincérité – sur votre sexe, corroborée par vos malheureux lapsus au début de notre correspondance. C'était sans compter aussi sur l'amabilité de la direction de *Chemins noirs* qui n'a pas rechigné à faire des recherches fastidieuses pour retrouver ses listings les plus anciens, relégués dans les archives.

L'un des premiers abonnés de *Chemins noirs* demeurait avenue de Condé. En banlieue. Nous y reviendrons.

Pour l'instant, parlons un peu d'Alice. Elle ne travaillait pas, pourtant son compte en banque était fort bien garni, ce qui lui permettait de dépenser beaucoup d'argent. Son père adoptif m'avait également précisé qu'elle avait des revenus importants.

D'où venaient-ils donc ?

Pourquoi changeait-elle ainsi d'identité ? De domicile ?

Parce qu'elle ne gagnait pas cet argent de manière honnête. Son compte bancaire était régulièrement approvisionné par des virements provenant de la banque S.V.B. *Votre* banque.

Alice vous faisait chanter. D'où votre envie de vous débarrasser d'elle. (Je reviendrai plus tard sur le motif de ce chantage.)

Comme elle a travaillé avec vous pendant de longs mois, elle a eu l'occasion de se lier d'amitié avec votre fille. Elles avaient le même âge, à peu près le même profil. Alors, lorsqu'elle a confié à votre fille qu'elle allait emménager rue de Rome, dans l'immeuble de mon fils, l'idée vous est venue de monter un stratagème fort alambiqué pour conjointement me piéger et la liquider.

Vous m'avez fait courir après une Agathe qui n'existait pas en tant que telle. Je suis tombé dans le traquenard. Vous m'avez fait croire qu'Alice était Agathe. Bien joué.

Ce n'est qu'après avoir mis Alice hors de cause que j'ai commencé à comprendre que j'avais affaire à deux personnes distinctes – quoique très liées.

Celle qui écrivait. Et celle qui tuait.

C'est bien une femme qui a tué Amélie Archambault, Nelly Barnes, le caniche de Marie, qui a, au dernier moment, renoncé à tuer « L'homme des Beaux Jours ». C'est encore une femme qui a pris soin de parfumer à la strychnine le gâteau d'anniversaire et le champagne envoyés à Alice.

Mais, confortablement installé dans son bureau pour écrire notre correspondance, c'était *vous*.

Le gâteau et le champagne ont été envoyés chez Alice par coursier. Il ne me restait plus qu'à le retrouver et lui demander où il avait pris le gâteau : rue d'Aumale. La rue d'Aumale, où habite votre fille, se situe dans la même banlieue que l'avenue de Condé.

À Chantilly. Un lieu prédestiné pour les pâtisseries, n'est-ce pas ?

Vous, vous manipuliez les ficelles depuis votre ordinateur en écrivant, tandis que votre fille allait sur le terrain. Si je puis me permettre une critique, des quatre nouvelles que vous m'avez envoyées, *Les Beaux Jours* est la moins aboutie. Mais je vous remercie de l'avoir écrite, car c'est elle qui m'a permis de retrouver un témoin essentiel qui m'a fourni l'information capitale.

Si seulement vous aviez pensé à ne pas laisser traîner le catalogue de Balthus sur votre bureau, lorsque je vous ai rendu visite ! Si seulement, ce même jour, votre fille avait eu la main moins lourde en se parfumant !

Cher Joe Jones.

Cher Albert Courtebœuf. Car décidément, il faut à présent abandonner pseudonymes et surnoms. Plus de Joe Jones, plus d'Agathe. Juste Albert, un nom qui ne sonne pas bien ni pour un écrivain ni pour un meurtrier.

Comment êtes-vous parvenu à transmettre à votre fille la démesure de votre haine, la hantise de voir votre renommée gâchée, si Alice mettait son chantage à exécution ? Comment êtes-vous parvenu à la rendre folle ? À en faire une criminelle ?

Je n'ai pas de réponses à ces questions. Un psychiatre en aura. Peut-être.

Ce premier délit – le plus grave sans doute – pèsera lourd dans la balance lorsque le jury décidera de votre sort.

Je me demande si l'on vous fournira un ordinateur en prison, pour poursuivre la rédaction de votre deuxième roman ? Celui que tous vos lecteurs attendent ?

Il vous faudra l'écrire seul, celui-là, puisque vous avez tué votre talentueux nègre, le véritable auteur de *Meurtres sur comptines* : Alice Darrieu.

Votre éditeur publierait-il le nouveau roman d'un auteur incarcéré ?... Cela ferait un beau « coup commercial ».

À moins que nous ne décidions de publier cette correspondance ailleurs que dans *Chemins Noirs* ? Elle constitue à elle seule un roman, non ? Le travail est fin prêt et j'ai deux ou trois contacts chez divers éditeurs. Qu'en pensez-vous ?

L'AUTEUR

Sarah K. a dans ses « bagages », comme on dit, une licence de philosophie et quelques rêves relatifs au théâtre. Elle n'a ni enseigné la philosophie ni mené une carrière de comédienne. Elle a posé ses valises en cours de route pour en changer le contenu. La licence de philosophie et les rêves de comédie ont été remplacés par un ordinateur. Celui-ci a en mémoire plus d'une trentaine de livres et elle espère le garder allumé le plus longtemps possible.

DANS LA MÊME COLLECTION

120 minutes pour mourir, Michel Amelin
À l'heure des chiens, Évelyne Brisou-Pellen
Allô ! Ici le tueur, Jay Bennett
Arrêtez la musique !, Christian Grenier
Assassinat rue Morskaïa, Michel Honaker
L'assassin est un fantôme, François Charles
@ssassins.net, Christian Grenier
Un automne rouge sang, Paul Thiès
Avant qu'il soit trop tard, Stéphane Daniel
Big Bug, Christian Grenier
Brigade sud : la disparition, Jean-Luc Luciani
Cadeau mortel, collectif d'auteurs
Carton rouge ou mort subite, P. Barbeau/R. Judenne
Coupable idéal, Jean Molla
Coups de théâtre, Christian Grenier
Crime à tous les étages, Alice Hulot
Crime d'auteur, Jacques Asklund
Croisière en meurtre majeur, Michel Honaker
La disparue du canal, Geneviève Senger
L'énigme des sept dragons, Thomas Brezina
Un été bleu cauchemar, Paul Thiès
Un fantôme au pensionnat, Thomas Brezina
Folle à tuer ?, Catherine Missonnier
L'heure de la vengeance, Catherine Missonnier
Un hiver blanc frisson, Paul Thiès
L'inconnue de la chambre 313, Geneviève Senger
Meurtre au lycée, Geneviève Senger

DANS LA MÊME COLLECTION

Le mystère du château hanté, Thomas Brezina
Des nouvelles de Logicielle, Christian Grenier
L'oiseau de mort du cap Horn, Jean Merrien
L'Ordinatueur, Christian Grenier
Panique aux urgences, B. Aubert/G. Cavali
Panique sur le télésiège, Thomas Brezina
Un parfum de meurtre, Sarah K.
Plongée fatale, Jacques Asklund
Un printemps vert panique, Paul Thiès
Le secret de la momie rouge, Thomas Brezina
Seules dans la nuit, B. Aubert/G. Cavali
Simulator, Christian Grenier
Sombre trafic, Catherine Missonnier
La sorcière de midi, Michel Honaker
Souviens-toi de Titus, Jean-Paul Nozière
Vacances criminelles, Alain Surget
Week-end mortel, Jean-Paul Nozière

Aubin Imprimeur
LIGUGÉ, POITIERS

Achevé d'imprimer en février 2007
N° d'édition 4475 / N° d'impression P 70663
Dépôt légal avril 2007 / Imprimé en France